U0940338

d’Amour et de Vin

爱与美酒不可辜负

吴飏 著

新星出版社 NEW STAR PRESS

图书在版编目（CIP）数据

爱与美酒不可辜负 / 吴飚著．—北京：新星出版社，2015.6

ISBN 978-7-5133-1768-9

Ⅰ．①爱… Ⅱ．①吴… Ⅲ．①游记－作品集－中国－当代 Ⅳ．① I267.4

中国版本图书馆 CIP 数据核字（2015）第 062484 号

爱与美酒不可辜负

吴飚 著

策　　划：刘丽华　陈　卓
特约编辑：陈　卓
责任编辑：周　凯
责任印制：韦　舰
封面设计：周伟伟

出版发行：新星出版社
出 版 人：谢　刚
社　　址：北京市西城区车公庄大街丙3号楼　100044
网　　址：www.newstarpress.com
电　　话：010-88310888
传　　真：010-65270449
法律顾问：北京市大成律师事务所

读者服务：010-88310811　service@newstarpress.com
邮购地址：北京市西城区车公庄大街丙 3 号楼　100044

印　　刷：北京康飞图文彩色印刷有限公司
开　　本：720mm × 1000mm　1/16
印　　张：17.5
字　　数：192千字
版　　次：2015年6月第一版　2015年6月第一次印刷
书　　号：ISBN 978-7-5133-1768-9
定　　价：58.00元

我想和你一起生活，
在某个小镇，
共享无尽的黄昏
和绵绵不绝的钟声。

——茨维塔耶娃

目录

005 自序

007 引子

009 酒乡波尔多

017 初识小镇

029 第一顿晚餐

039 最美味的甜点

047 隐蔽的名庄酒窖

057 最小的葡萄酒店铺

065 苏格兰的回忆之一

077 闻香识美酒

085 巧遇王中王

097 VIP品酒课

105 苏格兰的回忆之二

115 修道院酒窖

S O M M A I R E

125 帕斯卡酒吧

133 恋恋旧书店

147 害羞的画家

157 玻璃工作室

165 最简陋的画廊

173 夫妻缝纫店

181 苏格兰的回忆之三

189 莫尼卡妈妈

201 住在小镇

213 零散记忆

231 不是尾声

233 外一章：午夜巴黎

260 后记

262 附录

Vente Directe Chateaux

自序

在来到法国南部古镇圣爱美浓之前，我从没有想到这个小镇会对我有着如此非凡的意义。尽管它有丰饶的美酒，古秀的景致，我仍然以为它不过是我众多旅行目的地中的一个。

小镇生活散淡闲适，让我不由得放下旅人的匆忙，安静地品酒，看花开云起。如此悠然度过的乡居日月，却促使我作出了人生中一个至关重要的决定。这是我始料不及的。

时至今日，我发自心底地感激这个朴素恬静的小镇。在这里，我得以从容地审视自己的生活，认真地思考我所面临的抉择，最终完成了一次寻找自我的旅程。可以说，圣爱美浓之行，在我人生中的意义远远大于一次旅行。

或许，每个女人在其一生中都需要一次单独旅行。当旅行结束时，你会发现你的收获远比你想象的多。

谨以此书所记录的美丽旅程与所有单身和曾经单身的女人们分享。

引子

去年夏天，我答应了英国男友艾伯特的求婚，我们计划在圣诞节举行婚礼。我告诉艾伯特，我希望在结婚前作最后一次单独旅行，就像别人需要在婚前有一次疯狂的单身派对。艾伯特同意了，他知道爱一个射手座的女人，就意味着爱她的自由。他说：“好的，你去最后一次浪迹天涯，享受你婚前最后的狂欢吧。”

于是，我决定去波尔多。

我爱葡萄酒，一直期待有一天能去波尔多喝尽天下美酒。我的好友玛丽是高级酿酒师，在波尔多工作多年。早在一年前，她就帮我安排了品酒课程和一系列的品酒会，可是我因为各种原因，迟迟未能成行。这一次，我发邮件给玛丽，告诉她我终于要来了。玛丽喜出望外，特意推迟了休假，在波尔多等我。

我收拾好行囊，从伦敦飞了过去。

CADET
PEYCHEZ

1 酒乡波尔多

多年来，我一直怀疑林语堂能否做到他所说的那种高明的旅行，或许那只不过是他的纸上谈兵罢了。一个遣词造句如此考究的人何以能做到一次说走就走的旅行呢？尽管对林语堂将信将疑，但这一回，我打算实践一次他说的“不知其往何处去”的旅行，不作任何计划，就把自己彻底放在一个陌生的小镇，看看究竟会发生什么。

玛丽的家位于波尔多市中心一幢有百年历史的老房子里。这幢房子早先是一个大户人家的宅子，虽几经易手，但一直维护得当，现在的主人不想再费时打理，遂把它改造成几套公寓，分租出去。

玛丽住在其中的顶层公寓，公寓内部装修得很现代，明朗的色彩，简洁的装饰，房子不大，却温馨舒适。玛丽的家里收藏了几百瓶上好的葡萄酒，虽说这多少在我意料之中，但当我看到这个两室一厅的公寓里那满满当当的葡萄酒时，我还是颇为震惊。只见书架上排列的是酒，餐桌上摆放的是酒，茶几上是酒，打开冰箱，里面也全是酒。玛丽看着我又惊又喜的表情，耸耸肩，淡定地说：“我告诉过你的，在我这儿，酒管够。”

就这样，两个热爱葡萄酒的女人，开始了品酒之旅。

玛丽带着我每天忙于去各个酒庄参加各种品酒会。我的生活就是从一个品酒会到另一个品酒会。我沉醉在葡萄酒的醇香中乐不思蜀。我告诉艾伯特不必担心我，我不在酒庄，就在去酒庄的路上。

一天晚上，玛丽问我：“我们去Saint-Emilion住几天如何？”

我一听，大喜过望。这个Saint-Emiliom可是大名鼎鼎，那里有全世界最古老的葡萄园，也是全法国最大的村庄级葡萄酒法定产区。1999年联合国教科文组织把它列为世界文化遗产，称之为“法国中世纪文化的露天博物馆”，这里出产的葡萄酒也被誉为“葡萄酒之王”。对于葡萄酒爱好者来说，Saint-Emilion就是他们心中的圣地，去那里品酒，犹如朝圣，是每个葡萄酒爱好者最向往的事。

富庶的酒乡波尔多是法国的第四大城市，有“小巴黎”之称。法国作家雨果说：“将凡尔赛加上安特卫普，你就得到了波尔多。”这是一座酒香四溢的城市。

玛丽曾在Saint-Emilion的酒庄里做过两年酿酒师，对那里的一切了如指掌。她为我的Saint-Emilion之行制订了周密的计划，在哪儿住，上哪儿玩，甚至详细到晚上去哪儿喝酒，以及喝哪种品牌的酒。但不巧的是，临行前她突然被一桩急事绊住，去不了。于是，我决定一个人前往。

玛丽准备了一份她在Saint-Emilion的朋友名单，以备我的不时之需，我把它放进了背包里，心里却琢磨着来一次盲游，不去打扰这些朋友。

或许是因为我当记者多年的职业习惯，也可能是经常单独旅行的缘故，每一次出行，我都会做足功课，给自己准备一份非常专业细致的行程单，几乎囊括行程中的所有细节，大到航空公司的选择，小到转换插头在行李箱的位置，一丝不苟，武装到牙齿，旅行社制订的那种大路货行程单永远难望我项背。

记得有一次在西雅图机场，海关人员检查我的行李，当他打开我的旅行箱时，立刻向我投来景仰的目光，告诉我他很少看见女士的旅行箱内整洁得像等待检阅的军队。我对行李箱的要求是，当我需要找东西时，能够第一时间在准确的位置找到，而且至少有一条裙子毫无褶皱，以保证即使飞机刚刚落地我也能马上容光焕发地参加一场晚宴。我很庆幸多年以前读过一本可可·香奈儿的传记，从那里我学会了独特而实用的收拾旅行箱的方式，此后一直受用。

当然，我的这种严谨的旅行方式为很多旅行家所不齿，并且早在20世纪30年代就被林语堂讥讽为“愚蠢的旅行方式”，他认为“一个真正的旅行者总是一个真正的流浪者，有着流浪者的高兴、好奇与探险的感觉。”

人们都说波尔多人是泡在葡萄酒里长大的。波尔多遍布葡萄酒酒吧，品酒是当地人的生活常态。我最爱这个建在18世纪古堡里的酒吧。

说实话，尽管对这种自由自在的旅行方式心向往之，但我从未有勇气去尝试。原因在于我是一个异常挑剔的旅行者，除了对旅行箱的摆放有着苛刻的要求，我对旅途中的食、住、行都有自己的标准。比如食，我热衷于品尝当地特色美食，甚至为了一张嘴，不惜跑断腿，所以你休想用一个汉堡打发我。对我来说，美食也是旅行的一部分，与美景同样重要。正因为如此，我在美丽的英伦三岛旅行时，常常觉得暗无天日，由衷地认为大英帝国当选为"黑暗料理"国度乃实至名归。而当我行走在意大利、西班牙和希腊等南欧国家时，则顿觉身处天堂。每次出行前，我都会列一个目的地美食排行榜，生怕错过任何一样当地美食。我笃信打开你的胃才能打开你通往世界的大门。

至于住，虽说五星级酒店是一种不会出错的选择，但如果你打算长住的话，首先得和你的钱包打好招呼。我认为大多数五星级酒店都千篇一律，没有个性，它们的区别往往只在于香波和浴液的品牌是香奈儿还是爱马仕。和这样的五星级酒店相比，我更喜欢那些有历史感的、有故事的酒店。以前每次去巴黎我都喜欢住在一个肖邦曾经住过的酒店。酒店不大，没有电梯，装饰风格和当年肖邦住的时候相差无几，是典型的欧洲老牌精品酒店，小巧迷人的大堂里总是若有似无地飘浮着肖邦的钢琴声。每次一到那里，我都会微微眯起眼睛深吸一口气，已经熟识的老板见了总会笑着说："很棒吧，肖邦的气息？""棒极啦，我爱肖邦！"还有一家酒店，是法国诗人波德莱尔住过的，在歌剧院附近，是我在巴黎的另一心水之选。因为这个让人挠头的癖好，我每次旅行前都为订酒店大费周章，恨不能把全城酒店的三代都查个底儿掉。

说到行，我当然不是非头等舱不坐的人，我只是尽可能地把自己安排在较为舒适的交通工具里。我得承认，我很难忍受空间狭小、人头攒动、气味欠佳的交通工具，那种不适感会使我整个旅行的质量大打折扣。我在大学毕业刚做记者的时候，经常要坐车十几个小时下乡采访，有时甚至要在那种卫生条件极其糟糕的长途车上过夜，为此我不得不缝制了一个造型特别的睡袋，以保证自己不会和车上的卧具亲密接触。而且，经历了几次在异国他乡的火车和轮渡上晕倒的事件后，我知道我的身体条件也不允许我做一个“流浪者”的旅行。

凡此种种，都使得我最终必须牺牲旅行者的某些妙处，在旅行之前制订一个万无一失的行程单。事实上，对于单身旅行者而言，这种方式相当实用；尤其当你的时间和金钱都有限，事先制订旅行计划是十分必要的。其实，多年来我一直怀疑林语堂能否做到他所说的那种高明的旅行，或许那也不过是他的纸上谈兵罢了。一个遣词造句如此考究的人何以能做到一次说走就走的旅行呢?

尽管对林语堂将信将疑，但这一回，我打算实践一次他说的“不知其往何处去”的旅行，不作任何计划，就把自己彻底放在一个陌生的小镇，看看究竟会发生什么。

结果，这个没有计划的旅程，给我带来了前所未有的美妙体验。

D 122
SAINT EMILION

2 初识小镇

我想起这些年遇到过的那些独自旅行的女子：晓樱，我们在巴塞罗那的小酒馆里和西班牙帅哥跳弗拉明戈；辛西娅，我们在英国海滨小城布莱登的海滩上共饮一瓶红酒；还有美智子，我们在东京的深大寺坐了一个下午，只为看制作手擀荞麦面的整个过程……

从波尔多火车站出发，大约坐半个小时的火车，就到了Saint-Emilion。

下了火车，踏上站台的那一瞬间，我想起了台湾人给这个小镇翻译的中文名字——“圣爱美浓”。

艳阳高照，蔚蓝的天空下，有些陈旧的火车站显得孤零零的。空荡荡的站台上，一个等车的年轻人坐在长椅上看书。放眼望去，只有一大片无边无际、绿意盎然的葡萄园。

以前曾看过一篇文章，抱怨圣爱美浓的车站太简陋，说“下了车直接就站在葡萄地里了”。可是对我而言，这个小小的“直接站在葡萄地里”的火车站，却如此静谧而美好，以至于让我忘记了前行。

我在站台上找了张长椅坐下，一会儿仰望天空，一会儿看看眼前的葡萄园，安静地享受这个夏日的午后。

大约过了半个多小时，一趟新来的列车打破了车站的宁静。这时候，我意识到我必须往镇子里赶，否则将无法在天黑前回到波尔多。然而，从车站走到小镇，这段原本只需要二十分钟的路程，我却足足走了一个多小时。沿途的景色使我一再驻足，我常常看着天上的云彩发呆，或是溜进葡萄园里摘两颗刚刚成熟的葡萄放进嘴里。

当我到达镇子时，离我回波尔多的火车发车时间只剩下一个小时了，我只能匆匆地浏览我心仪已久的小镇，暗自决定几天以后再回来。

一个星期后，我再次来到圣爱美浓，这一次，我打算在这里多住几日。

在从火车站前往镇子的乡间小路上，我遇见了小美，一个可爱的台湾女子。

这就是我初次见到的坐落在一片葡萄园中的小镇火车站。站台上只有这个年轻人在等车。我问他如何去镇中心，他说："不远，你走过去吧，只需20分钟，但沿途的风景你可能一辈子都忘不了。"

小美走在我的前面，长发披肩，娇小秀美。淡蓝色的碎花短袖T恤，发白的牛仔裤，很是清丽脱俗。

起初，我们俩并没有答腔，各自赶路，后来发现这条路上只有我们两个人，而且都是亚洲面孔，不由得相视而笑，小美用英语先问我：

“你从哪里来？”

“中国北京。你呢？”

“我从台湾来。”

我们俩都乐了，于是改用中文交谈。

小美说：“你知道吗，我在路上很少主动跟人搭讪。”

“那你为什么和我说话？”我好奇地问。

“我觉得我们俩应该是同类。看你的打扮就知道。”小美回答。

我看看自己，白色T恤，洗得发白的蓝色牛仔裤，一条亚麻色和本白色相间的棉麻围巾，确实和小美的装束有几分相似。我笑了，说：“好吧，我们是一个团队的。”

小美又问我：“你以前来过这里吗？”

“我前几天来过，很喜欢。这次打算多住几天。你呢？是第一次来吗？”我问小美。

“对，我是第一次来。”小美说。

“你知道吗，我一到这个小镇就想起你们台湾人给这里起的名字‘圣爱美浓’，翻译得非常贴切，而且有诗意。在大陆，我们把它直译成‘圣塔艾米利翁’，直白，

去镇中心的路上遇见在葡萄园中穿行的小火车，好心的司机问要不要载我一程，我婉拒了，因为我不想错过风景。其实，如果怕累的话，这种小火车倒是很好的交通工具。坐着它你能看到圣爱美浓很多重要的葡萄园，还可以停下来品尝葡萄酒。行程2小时，车费6欧元。

到达小镇时，第一眼看到的就是咖啡馆LE MEOIEVAL。咖啡馆的二楼和三楼是附设的小旅店，整洁舒适，每晚房费65欧元，算是物有所值。只是地处交通要道，难免嘈杂，爱清净的人不宜住这儿。

镇子上的每一条路都通向巨石教堂，无论从哪个角度看，教堂的尖顶钟楼都很美。

粗糙，没有美感。”我说着，禁不住叹起气来。

“呵呵，好像是呀。大陆似乎不太关注美的东西，或者是美这个东西对你们没有那么重要。”

“当然重要，只是我们大多数时候忘记了怎么审美。”

“好了，别想那么多了，赶快欣赏美景吧。”小美边劝我，边四处张望，说，“这里好美呀，我也想多住几天。”

我看了看只挎着一个小包的小美，问：“住几天？你好像什么东西都没带哦？”

“呵呵，我是刚刚决定的，这里太美，我说什么也要住几天再走。”小美贪婪地看着周围的景色，不容质疑地对我说。

我看着小美那一脸坚定的表情，心想：我们果然是同类呀。

这些年，我经常独自旅行。在路上，常碰见和我一样单独旅行的女子，很多时候我们会成为朋友。我们交换彼此的故事，分享旅途的见闻，一起喝酒，一起跳舞。第二天，也许我们可以同行，开始一段共同的旅程；也许我们互道珍重，各自前行。但在旅途中，发现同道中人的乐趣，让我们的记忆变得格外温暖。

我想起遇到过的那些独自旅行的女子：晓樱，我们在巴塞罗那的小酒馆里和西班牙帅哥跳弗拉明戈；辛西娅，我们在英国海滨小城布莱登的海滩上共饮一瓶红酒；还有美智子，我们在东京深大寺坐了一个下午，只为看制作手擀荞麦面的整个过程……

有时，我甚至会想起在战乱中孤身上路去探望胡兰成的张爱玲。

也许，每一个在路上的单身女子，都是一部传奇。

小镇上的巨石教堂建于公元8世纪，教堂的主体位于这个巨型的石洞内，设计巧妙，保存完好。这里是小镇的发源地，也是小镇的中心。

被葡萄园环绕的圣爱美浓小镇虽然名满天下，但并没有大兴土木，仍保留着中世纪的古朴风貌，常住人口仅800人。与其说是小镇，不如说是一个村庄。

3 第一顿晚餐

我们来到巨石教堂广场，选了一间名叫“小酒店”（Le Bouchon）的餐厅坐下，一个漂亮的女服务员热情地递上菜单，请我们点菜。小美悄悄地对我说：“你知道，我通常不会选这种地方吃饭。美食一定不会在这里。这里是镇中心，这么美，游人又多，厨师不用努力也照样有很多人来吃饭。”

圣爱美浓虽然大名鼎鼎，但其实只是一个常住人口不到800人的村庄级小镇，因此酒店并不多，又赶上8月份是法国的全国假期，几乎所有的法国人都忙着度假。所以，这里的酒店不是客满，就是店主关门休假去了。

几经周折，我和小美才找到一家酒店住下。这个酒店在镇子里一条僻静的小街上，可能因为偏僻，所以还有几间空房。但是，当店主听说我们要住一周的时候，还是面露难色，他告诉我们最多只能住四天，因为后面几天所有的房间都被预订了。我和小美想想暂时也别无他法，只能先安顿下来。我们放下行李，就赶紧出门了。如此良辰美景，怎能在酒店里虚度呢?

此时已近黄昏，游人渐渐少了。和白天略嫌喧闹的小镇相比，夕阳下的她安静了许多，在金色的晚霞中，格外迷人。

我和小美沿着青石板路漫无目的地游走。因为是初到圣爱美浓，小美完全被她的美震慑住了，不停地喃喃自语："太美啦！太美啦！"手中的相机喀嚓喀嚓响个不停。

看着小美那副陶醉的表情，我不禁笑着问："你是不是光看美景就饱啦？今晚我想你是不用吃饭了。"

"不行啊，饭一定要吃，而且我们要找一个有美景的地方品尝美食。"小美一字一顿地说。

我俩一商量，决定去镇子里的巨石教堂广场（Place de l'eglise monolithe）附近找一个餐馆吃饭。巨石教堂（l'eglise monolithe）是这里的标志性建筑，这个修建于中

巨石教堂广场周围有很多餐厅，从早到晚客流不断。

离广场稍远的餐厅往往有点冷清，但如果想安静地用餐，这里是首选，不仅环境清幽，而且饭菜质量大多高于中心地带的餐厅。

世纪的教堂据说是这个镇子的发源地。相传公元8世纪，一位名叫艾米隆（Emilion）的修道士来到这里，他选择在森林深处的一个山洞住下，开始清苦的修行生活，他的追随者们也都随他迁居于此。在他逝世后的几个世纪里，这个位于山丘之中的石洞被修建成了一座教堂，随后成为宗教圣地。而早在公元2世纪由罗马人在此开辟的葡萄园，也成为很多人赖以生存的营生。就这样，宗教和葡萄酒奇妙地融合在一起。

巨石教堂广场说是广场，其实就是教堂前的一小块空地。不少游人已经聚集在这里，三三两两地闲坐着，或喝咖啡，或准备晚餐。

我和小美选了一间名叫“小酒店”（Le Bouchon）的餐厅坐下，一个漂亮的女服务员热情地递上菜单，请我们点菜。小美悄悄对我说：“你知道，我通常不会选这种地方吃饭。美食一定不在这里。这里是镇中心，这么美，游人又多，厨师不用努力也照样有很多人来吃饭。”

“我完全同意。那怎么办呢？美食和美景不能兼得。你总得有取舍。”我回答小美。

“呵呵，咱们碰碰运气吧。也许有意外惊喜。”小美说。

小美壮着胆子点了当日的厨师特选——白葡萄酒奶油三文鱼，而我为了保险起见，点了最普通的肉酱千层面，然后我们俩又各点了一杯圣爱美浓出产的葡萄酒。

不一会儿，菜上来了，小美点的白葡萄酒奶油三文鱼味道居然还不错，算是意外惊喜，而我点的肉酱千层面也给了我一个大大的意外——超级难吃。我只尝了一口，就把盘子一推，皱着眉头说：“天哪！我在家闭着眼睛做的千层面也比这个好吃。”

吹萨克斯的街头艺人正在为用餐的客人演奏。艺人们一般晚上八点左右来，十二点左右离开。他们的收入在旅游旺季是相当不错的。

这个千层面不仅半生不熟，肉酱也完全没有牛肉味，似乎是用冻了千年的牛肉做的。我起初以为在法国南部任何一家餐厅点一道最家常的千层面都不至于太差，就像在北京的面馆点一碗炸酱面通常都不会太糟糕一样，可是，万万没想到这个千层面的味道完全把我惊着了。

我对小美说："我觉得我吃出了樟脑丸的味道。"

小美好奇地尝了一口，做了个鬼脸，说："真的，从来没吃过这么难吃的千层面。我们share吧。"小美边说边把千层面往她的盘子里扒，满脸有难同当的义气。

我忍不住叫来那个漂亮的女服务员，问："我们点的这两道菜是同一个厨师做的吗？"

"当然。"那女孩有些诧异，问："怎么，有什么不妥吗？"

"没什么大事，只是好像他所有的才华都用在做这道三文鱼上了。"我愤愤不平地说。

那女孩居然甜甜地笑了，说："不好意思，今天客人有点多，他可能顾不过来。你们明天再来试试吧。"

"哇噻，你们就是这样招徕回头客的吗？方法倒是很特别啊。"听着这女孩让人哭笑不得的回答，小美不禁和姑娘打趣起来。接着，她又掉头对我说："喂，我说你就认了吧。你不是刚订婚吗？所谓情场得意，餐桌失意，总不能事事都让你顺心吧。"

"好吧，既然如此，那我就餐桌失意一回吧。"虽然这道千层面味道欠佳，但比

起《围城》里方鸿渐那道“汤是凉的，冰淇淋倒是热的……除醋以外，面包、牛油、红酒无一不酸”的西餐，我的这道晚餐已经好了太多。何况美景当前，我也无暇再多抱怨，兴致盎然地和小美开始享用我们在圣爱美浓的第一顿晚餐。

吃完晚餐，已近十点，我和小美漫步回酒店。

繁星满天，清风徐徐，空气中飘荡着葡萄酒的幽香……有人说圣爱美浓是离天堂最近的地方，这一刻，我真的相信了。

夜晚，在巨石教堂广场附近用餐的游客很多。法国人一般在八点开始晚餐，除非事先预订，否则用餐时间想在这里找一个座位通常要等很久。

CANELÉS
FABRIQUE DE MACARONS
CONFISER
FABRIQUE DES VERITABLES MACARONS
RECETTE DES ANCIENNES RELIGIEUSES
"1620"
VERITABLES MACARONS DE SAINT EMILION
L'EXCLUSIVE
RECETTE DES ANCIENNES RELIGIEUSES 1620
MARQUE DEPOSEE
MAISON PASSAMA BLANCHEZ DEPUIS 1930
NADIA FERMIGIER SUCCESSEUR

4 最美味的甜点

我在波尔多尝过可诺蕾，其软糯香甜，难以描画，色泽更犹如红葡萄酒般美丽诱人。喝Espresso 特浓咖啡时，佐以可诺蕾，堪称绝配。就我个人的喜好而言，在吃过可诺蕾之后，其他法式甜点都瞬间成为浮云，即使是名满全球的“少女的酥胸”——Macaron（马卡龙）也不例外。

第二天一早，我和小美决定不在酒店吃早餐，而是去镇子里的老字号甜品店买著名的小甜点Canele（可诺蕾）。虽然是经典的法式甜点，但据说只有在酒乡波尔多，人们才能吃到最地道的可诺蕾。

相传，可诺蕾起源于波尔多，它的制作方法和葡萄酒有着千丝万缕的联系。一种说法是16世纪的修道院修女用面粉和鸡蛋做点心时，无意中把葡萄酒当作水加了进来，结果发现由此制作的点心异常美味可口，于是就将这一配方保留了下来。还有一种说法是酿酒师发明了这款点心，因为在葡萄酒澄清的过程中，需要使用鸡蛋清，而多余的蛋黄酿酒师不想浪费，就顺手拿来做了点心，因此，就有了这款著名的法式甜点。时至今日，无论这两个传说哪个更接近真相，这款点心的名字都已经和葡萄酒密不可分了。波尔多的甜点制作师在制作可诺蕾时，都会添加一点葡萄酒提味。至于添加何种葡萄酒，何时加，加多少，则是整个波尔多的秘密。

我在波尔多尝过可诺蕾，其软糯香甜，难以描画，色泽更犹如红葡萄酒般美丽诱人。喝Espresso 特浓咖啡时，佐以可诺蕾，堪称绝配。就我个人的喜好而言，在吃过可诺蕾之后，其他法式甜点都瞬间成为浮云，即使是名满全球的“少女的酥胸”——Macaron（马卡龙）也不例外。

在波尔多，几乎每个甜品店都有可诺蕾，但当地人说最正宗的可诺蕾还是在圣爱美浓。既然我们到了这里，当然不能错过这一人间美味。

我们向酒店的大堂经理打听镇子里最好的甜点店，他告诉我们每家都很好，但有一家最古老的名叫“Nadia Fermigier”（娜迪雅 · 菲米盖尔，以下简称娜迪雅）

这款介绍可诺蕾的老式海报在小镇上非常显眼。虽然海报上也列出了另外一款著名的甜点马卡龙，但主角仍然是可诺蕾。

小镇上有好几家甜品店，都以卖波尔多地区最富盛名的点心可诺蕾为主，这家名为“娜迪雅”的店常常人满为患。“娜迪雅”是家族生意，一直由家族内的女性掌管，历经三百多年不曾改变。如今当家的就是这母女俩。

的店名气最大，很多人慕名而来。巧的是，这家店离我们住的酒店很近，就在同一条街上。

果然,一出酒店，没走多远，就看见了娜迪雅甜品店的招牌。

娜迪雅甜品店的外表看起来稀松平常，一点也没有名声在外的百年老店的架势。不过，当我们走到店门口时，发现店里已经熙熙攘攘，顾客们都在排队选购甜点呢。

我们迫不及待地进到店里，店面不大，也就七八平米，橱窗里和柜台上摆满了各种各样的点心，每一种看起来都令人垂涎 。一个可爱的姑娘在柜台里忙碌着，见我们进来，忙招呼我们试吃刚出炉的点心，正是可诺蕾，我和小美各自拿起一小块放进嘴里。

“哇！太好吃啦！”我俩几乎同时发出了同样的惊叹。

“我决定来这里当学徒，一定要学会怎么做这个点心。”我当即郑重地向小美宣布了我的决定。

小美急忙笑着将我的话翻译给那个姑娘，问店里是否需要学徒。她听完，头摇得像拨浪鼓，说：“不行，不行，我们不收外人，尤其你还是个外国人。”

姑娘告诉我，这个店是她祖母的祖母的祖母……开的，可以追朔到1620年，从那以后，她们家族的女人将这个店代代相传。

听完姑娘的介绍，小美对我眨眨眼说：“或许你可以考虑嫁到他们家，成为他们家族的女人。这样，你就有机会学到这门手艺了。”

我想了想，对小美说：“你的这个方案可以考虑。不过，中华美食是很强大的，也没准儿我嫁过来之后，他们家的可诺蕾在我的影响下，口感变得像咱们中国的糯米发糕了，而且是二锅头味的。”

“好吧，趁你还没有把可诺蕾变成二锅头味的糯米发糕，我们先买一点原汁原味的解解馋吧。”小美连忙说。

我和小美要了8个可诺蕾，热乎乎的，装在纸袋子里，边吃边在镇子里闲逛。

“你今天有什么计划吗？”小美问我。

“没有，就打算瞎晃悠。”我回答小美。

“那你跟我走吧。我准备买几箱圣爱美浓的葡萄酒带回家，我们一起去挑酒吧。”小美说着，挥了一下手，领着我往前走。

“几箱？你太夸张了吧！”我睁大眼睛盯着小美说。

小美和我一样，都热爱葡萄酒，但她对葡萄酒的热爱程度显然比我要深沉得多。

“还好了。”小美略带委屈地看着我，说，“别忘了我住在图尔，你来法国也总是在巴黎待着，哪里知道我们这种小城市有多寂寞？晚上七点街上就没人了。我一个女孩子总不能天天去酒吧呀。”

小美17岁来法国上大学，毕业后爱上了一个英国男生，就结婚去了英国。几年以后，婚姻失败，又独自回到法国。她想找个安静的地方疗伤，于是就在西部小城图尔买了房子。

看着小美可怜兮兮的表情，我马上安慰她，说：“我明白了，酒仙，那就多买几箱带回去。这里是圣爱美浓，葡萄酒的故乡，买多少带回家都不奇怪。”

于是，之后的几天，我和小美都在微醺的状态中度过。

一个可诺蕾通常卖1.5欧元，但浇了一层巧克力后就能卖到更好的价钱。

ROC DE CAMBES
2006
CÔTES DE BOURG
LA DAME DE ONZE HEURES
SAINT-EMILION GRAND CRU
CHATEAU DE FIEUZAL
Pavie

5 隐蔽的名庄酒窖

“你们中国来的客人，出手都很阔绰。有个人一次就买了20瓶拉菲。他本来还要更多，但当时没货了，我就向他推荐了拉图庄园的酒，但是他说只要拉菲庄园的，我觉得很奇怪。其实，在法国，很多人认为拉图的酒比拉菲的更好，为什么中国人只喜欢拉菲呢？”

虽然小镇上到处都是卖葡萄酒的店铺，但小美显然是有备而来，她说根据专业葡萄酒杂志介绍，有两家店我们必须去。第一家叫“贮藏室”（Le Cellier），那里的酒品种繁多且价廉物美；第二家叫“葡萄园和城堡”（Vignobles & Chateaux），据说是镇子上装修最奢华的专卖店，还有非常专业的品酒课，很多游客都报名去那里上课。

我们按图索骥，先找到“贮藏室”，它的地理位置很好，就在巨石教堂广场的西南角，酒红色的门面十分醒目。店内陈设朴素大方，深褐色仿古地砖，实木酒架，没有任何多余的雕琢，和店名颇为吻合。想来店主是个不尚浮华的实在人。

大概因为刚开门，店里没客人，年轻的店主布鲁诺正在自斟自饮。看见我们两个亚洲人进来，他异常热情，连忙用英语和我们交流。听说小美要买几箱酒带回去，他更是乐不可支，拿出了十几种酒让我们品尝，并大包大揽地说：“你们到我的店买酒就对了，这个镇子上数我这儿的酒又多又便宜，你们先尝这些，不喜欢就再换一批，直到满意为止。”

我一看表，才十点多，就跟小美说：“现在开始喝酒好像早了点。”

“你忘了，品酒是不用咽下去的。”小美轻轻地拍了一下我的肩膀说。

“我当然知道，可是我喝到喜欢的酒就会忍不住咽下去。所以，万一他的酒正好对我的胃口怎么办？”我纠结地说。

“嘿嘿嘿，其实我也是这样子。”小美笑了起来，说，“不怕，我俩应该都有些酒量，自己控制一下就好了。”

“好吧，既来之则喝之。”我壮着胆子说。

这家名叫“贮藏室”的葡萄酒专卖店虽然其貌不扬，但人气很旺，几本专业葡萄酒杂志和旅游类书籍都推荐过。

话音未落，小美已经迫不及待地端起酒杯开喝了。

……

忘记品了多少种红酒，只记得有好几种因为喜欢，我都喝了下去。而布鲁诺也总是热情地再给我们斟上，他似乎忘记了做生意，一门心思和我们俩把酒言欢，聊起了他的奋斗史。

大约七年前，他在镇子上开了这家店铺，因为经营的葡萄酒质优价廉，很快便在小镇上占有了一席之地。他说："现在有不少游客，一到圣爱美浓，就直奔我的店。"

看见布鲁诺志得意满的样子，我不禁和他开玩笑："看得出来，你很会做生意。你瞧你这儿的样酒差不多快被我们喝完了，你却一点不满都没有。我特别好奇，如果我们最后没在你这里买酒，你会不会把我们打出去？"

"当然不会，能请两位美女喝酒是我的荣幸！"布鲁诺以法国男人特有的方式不失时机地恭维我们。接着，他冲我们眨眨眼，神秘地说："跟我来，我再给你们秀一样好东西。"

放下酒杯，我们跟着布鲁诺来到店内一个隐蔽的角落，这里有一扇非常厚实的木门。布鲁诺轻轻地推开木门，我们这才发现原来里面别有洞天。这是一个80平方米左右的小酒窖，里面贮存了很多著名酒庄的酒，有拉菲庄园、拉图庄园、玛歌庄园的……年份都比较齐全。

面对眼前的景象，我和小美都睁大了眼睛，要知道这些酒每一瓶都价格不菲，有

店主布鲁诺很为自己店里的酒自豪，他说："法国的葡萄酒再多，始终是我们圣爱美浓出产的最好。"

店面内的陈设相当朴素，但是葡萄酒的品种非常丰富，在整个小镇都是数一数二的。

些年份的酒在市面上已经难得一见，但在这里居然都能看到。我俩一边看一边啧啧赞叹："没想到，你这里还真是藏龙卧虎啊！"

"你存这么多名庄酒，难道来你店里买名庄酒的人很多吗？"我问布鲁诺。

"有不少呢。尤其是你们中国来的客人，出手都很阔绰。有个人一次就买了20瓶拉菲庄园的酒。他本来还要更多，但当时没货了，就向他推荐了拉图庄园的酒，但是他说只要拉菲庄园的，我觉得很奇怪。其实，在法国，很多人认为拉图的酒比拉菲的更好，为什么中国人只喜欢拉菲呢？"

听了布鲁诺的话，我哑然失笑，解释道："因为中国人最近这几年才开始喝法国葡萄酒，对法国葡萄酒了解不多，对法国的名庄酒更是所知甚少，可能拉菲作为名庄酒进入中国比较早，所以不少中国人就认定了拉菲。这就像你们法国人喝中国茶，大多数人只喜欢喝茉莉花茶。其实，在中国，好茶的品种很多，有绿茶、乌龙茶、普洱茶……绿茶又分碧螺春、龙井、毛尖……可是你们法国人并不懂得品茶，只知道喝最普通的茉莉花茶。这在很多中国人看来也挺可笑的。"

布鲁诺点点头，对我说："那好吧，你下次再来这里请给我带碧螺春。"

"没问题。不过，你要开一瓶拉菲等我哦！"我笑着回答布鲁诺。

就这样，我们边品酒，边聊天，很快就度过了一个上午。

最后，小美买了三箱酒，而我则空手而归。

我告诉布鲁诺，不是他的酒不好，而是我的旅途太长太随性，不知道下一站在哪里，只能是走到哪儿，喝到哪儿。

布鲁诺善解人意地冲我眨眨眼，说："好吧，等你找到终点了就告诉我，我把酒给你寄去。"

注：1855年的万国博览会，评选出世界五大一级酒庄，分别是拉菲庄园（Chateau Lafite Rothschild）、拉图庄园（Chateau Latour）、木桐庄园（Chateau Mouton Rothschild）、玛歌庄园（Chateau Margaux）、奥比昂庄园（Chateau Haut-Brion）。详见附录一。

店门口的几株葡萄秧苗，增添了不少田园气息，每株售价2.5欧元，很公道。不少游人都喜欢买几株带回去。

AZ - Vins sélection
Choix sur 2 etages / Choice on 2 floors
Dégustation / Free tasting
Promotions et découvertes
Vieux millésimes
AZ - Vins sélection
PROMOS...
SAINT EMILION GRAND CRU
55 €
30 €
25 €
10 €
45 €
S'EMILION 3Gd CRUS
27,5€
20 €
25 €

6 最小的葡萄酒店铺

“我原来也是学画画的，后来发现自己在这方面的天分不够，不可能养活自己，就转而学酿酒了。”达曼笑着耸耸肩，两手一摊，接着说，“其实，我觉得酿葡萄酒也是一门艺术，只有那些有艺术感觉的人才能酿出好酒，而我的艺术感觉在这里正好够用。”

从布鲁诺的店出来，我们继续往前走，去找一家叫“C5SR有限责任公司” 的店铺。这家店是布鲁诺推荐的，他告诉我们这是镇上最小的葡萄酒专卖店，店主很年轻，人也特别有趣，更重要的是他家有一些别家没有的酒。

我们按照布鲁诺写的地址走了两遍，都没有找到。于是决定掉头回去接着找，这才发现，它其实就在路边，我们从门口经过了两次都没发现，因为这个“有限责任公司”实在太小了。

“C5SR有限责任公司” 的店主达曼是一个非常活泼的青年，看起来也就二十出头。他笑嘻嘻地和我们打招呼：“我看见你们俩来来回回从我门前经过了好几次，为什么现在才进来？”

我和小美大窘，连忙解释说我们俩眼神不好，没看见他的店。

达曼大度地摆摆手，说：“没关系，我这里确实很小，是很容易错过。有时候连我自己都会错过，更别说你们了。”

达曼的幽默让我们放松了许多，开始打量这个圣爱美浓最小的葡萄酒专卖店。店面可能也就三平方米，两侧的酒架自上而下放满了酒，店里几乎没有任何多余的空间，我们三个人站在店内都略显拥挤。

小美有些疑惑地四周看了看，说：“你这里好像没看到可以品酒的地方。”

“不用担心，这边请。”达曼把我们引到后门拐角处一个小酒柜前。酒柜很小，只有一米多高，半米多宽，但是上面收拾得干净利落，各种品酒用具齐全。真是麻雀虽小，五脏俱全。

店主达曼是个快乐的年轻人，虽然他的店铺是全镇最小的，但他已经踌躇满志地计划去巴黎开店了。

达曼拿出几款酒请我们品尝。他说这几款酒全镇只有他家有，是自家酒庄酿造的，因为产量小，无法供应别家，所以只能在他家买到。

我和小美尝了尝，口感居然很不错，而且价格也相当便宜，10欧元3瓶，我们就挑了3瓶准备带回酒店喝。我告诉小美，像这种品质的酒在中国大概要卖到200元人民币一瓶，小美说在台湾大概也是这个价。当然，加上关税、运输费和包装费等各种费用，这个价格也不算太夸张。不过，像我和小美这样的深度葡萄酒“中毒者”还是忍不住感叹：热爱葡萄酒的人还是应该住在法国呀！

趁着达曼给我们拿酒的工夫，我接着打量他的小店。

我发现了一件有趣的事，在这个小得不能再小的店里，竟然挂着好几幅不俗的油画，绝对不是街边那种家居饰品店里的货色，这让我非常好奇。多年的记者生涯使我养成了一个好打听的习惯，我问正忙着找酒的达曼：“墙上的画是你画的？还是你替别人代售的？”

“是我妈妈画的，她是职业画家，办过好多次展览。我挑了这几幅小尺寸的放在店里做装饰，如果客人喜欢，我也卖。”说着，达曼把他妈妈的名片递给我，还把一本艺术杂志上的介绍文章翻给我看。

“那你怎么没有继承你妈妈的事业去当一名画家，而选择卖葡萄酒？”我边看杂志边问达曼。

“我原来也学过画画，后来发现自己天分不够，不可能养活自己，就转而学酿酒了。”达曼笑着耸耸肩，两手一摊，接着说，“其实，我觉得酿葡萄酒也是一门艺

小店出售的葡萄酒性价比颇高，6瓶AOC级别的葡萄酒只需50欧元。还有一些是他们自家酒庄的酒，口感相当不错，价格也很实惠。

术，只有那些有艺术感觉的人才能酿出好酒，而我的艺术感觉在这里正好够用。”

我和小美听着达曼阐述他的葡萄酒艺术观，觉得颇有几分道理，不免频频点头。达曼见我们认同他的理论，有些得意，便继续描绘他的蓝图：“等过几年，你们再到这个小镇来，我肯定已经开好几家分店了。到那时，我一定会把店开到巴黎去。”

达曼的雄韬伟略让我和小美听得目瞪口呆，看着我俩惊讶的神情，达曼问：“怎么？你们不相信？”

我摇摇头，笑着对达曼说：“不是的，我相信。”

我告诉他，我曾经认识一个女孩，十几年前刚在中国创业时，只在广州的一个菜市场里租了个摊位卖服装，但如今她在中国已经拥有一百多家分店，光北京就有三家。所以，我也相信他有一天会把分店开到巴黎去。

达曼听完，咧着嘴笑得像个孩子。他从酒柜里挑出一瓶酒塞进我手里，说：“这个，送给你喝。”

小美在一旁看着，不乐意了，嘟囔着对达曼说：“哎哟，像这样的励志故事我能给你讲一打，你要不要准备一打好酒送给我？”

达曼听了，哈哈大笑，说：“没问题，你下次来，我准备好酒等着你，不过你的故事一定要备足哦。”

尽管店面很小，热爱艺术的达曼还是挤出空间挂了几副油画，而创作这些作品的画家正是他的妈妈。

7 苏格兰的回忆之一

艾伯特是苏格兰的贵族后裔，毕业于名校，一个典型的英国绅士。他的头发永远纹丝不乱，皮鞋总是光可鉴人，即使喝下午茶也要一丝不苟地系上他的深绿色丝绸领结。说话时，那一口古雅地道的学院腔，常常让我的美式街头英语魂飞魄散。我欣赏艾伯特的温文而雅，正如他迷恋我的自由随性。

从达曼的店里走出来时，我和小美已经喝了不少葡萄酒，面颊都微微泛红，步履也有些飘忽。

我们在路边的岩石台阶上坐下，商量着下午的安排。正午的太阳有些晃眼，我眯着眼睛懒洋洋地靠在石墙上，不远处，在蓝天白云的映衬下，巨石教堂的尖顶闪现出柔和的光泽。

我突然有些想念艾伯特，便拨通了他的电话。电话那一头传来他愉快的声音："你好吗，亲爱的？怎么这会儿想起来给我电话啦？" 我们本来约好每天晚上通电话。

"没什么，有点想你了。这里非常美，很希望你在这里。"我说。

"你知道我不喝酒，去那里没有意义。你的'狂欢'怎么样？"艾伯特问我。

"挺好。我和小美品了一上午的葡萄酒，呵呵，我们现在都醉了。"我笑着说。

艾伯特是一个滴酒不沾的人，他显然没有听出来我在开玩笑，声调变得有些异样，一本正经地说："记得谁说过，只要摄入足够的酒精，就会产生各种陶醉的效果。我听得出来你现在就很陶醉。"

"呵呵，是王尔德说的吧？你看我多清醒，根本没醉，而且我记得他还说过'对于忠告，你唯一能做的就是把它奉送给别人'，所以我会把你的忠告送给小美。"我说着，冲站在我身边的小美挤了挤眼。小美听了，假装生气，作势要挥拳打我。我惊叫一声，急忙跑开。

电话另一头的艾伯特听到我们这边的动静，好像不太高兴，他说："这才几点？

你们两个女人居然喝醉啦！赶快回酒店去休息吧。”

我赶忙向艾伯特解释我和小美在闹着玩，并没有醉，但他似乎真生气了，匆匆挂断了电话。

小美看着我略显委屈的表情，拍了拍我的肩，安慰我说：“一个只喜欢喝茶的英国绅士是很难体会品葡萄酒的乐趣的。”

“哎，那也不一定啊，别忘了，圣爱美浓一度是英国的领地，是英国人最早称这里的葡萄酒为‘葡萄酒之王’的。英国人也是懂酒的。”我反驳小美说。

“那你就应该找一个和你一样爱葡萄酒的英国男人做丈夫，你们才能共同体会其中的乐趣。”小美很认真地向我提建议。

“已经晚了，我们圣诞节就结婚，只能是婚后再培养他了。”我摆摆手，无奈地对小美说。

“呵呵，别指望婚姻能改变谁，就像他改变不了你一样，你也改变不了他。尤其是英国男人，他们的顽固可是出了名的。你看我就是前车之鉴。”因为和英国前夫的离婚，小美觉得自己悟出了很多人生真谛。

小美的话让我陷入沉思，我不禁想起我和艾伯特的关系。

艾伯特是苏格兰的贵族后裔，毕业于名校，一个典型的英国绅士。他的头发永远纹丝不乱，皮鞋总是光可鉴人，即使喝下午茶也要一丝不苟地系上他的深绿色丝绸领结。说话时，那一口古雅地道的学院腔，常常让我的美式街头英语魂飞魄散。我欣赏艾伯特的温文而雅，正如他迷恋我的自由随性。

镇上有一些旧时的集市大厅空置着，孩子们喜欢在里面玩耍。

在相遇之初，我们就发现彼此有很多不同之处，也许正是这些不同让我们更加吸引对方。但是渐渐地，这不同似乎成为一种障碍，让我们难以真正走进彼此的内心。我们的差异如此鲜明，对待同一件事物的看法经常南辕北辙，这让我不能不疑惑我们当初为什么会爱上对方。为此，我常常开玩笑地问艾伯特：“你觉得一只猫会真的爱上一个菠萝吗？”

我们都尝试往前迈进，却似乎总是不得其门而入。尽管我们的感情也算风平浪静、相敬如宾，可即使在谈婚论嫁的时候，我仍然感觉我们之间始终有一层隔膜。我们并不亲近。

我有个习惯，每天晚餐都要喝一杯葡萄酒，而艾伯特通常以一杯意大利圣碧涛矿泉水作陪。他彬彬有理地坐在一旁，微笑着看我品酒。不知为什么，在那一刻，本该心怀感激的我却总会隐隐觉得有些遗憾，也许是一种无人分享的失落感吧，我渴望和伴侣分享品酒的感受，比如：“我闻到了樱桃和玫瑰花的香味，你呢？”，“唔，这款酒太平和了，不免平庸，我还是喜欢有个性的葡萄酒。你觉得呢？”……我知道这些话永远不可能出现在我和艾伯特的餐桌上。我曾经试着和他聊葡萄酒的话题，他只是极有耐心地看着我，等我说完，淡淡地来一句：“哦，是这样呀。”

我不死心，怂恿他说：“你尝一口，就一口，也许你会发现品酒的乐趣呢。”

他摆摆手说：“不，谢谢，亲爱的。我真不觉得为了喝酒而喝酒有什么意义。”

我顿时泄了气，但还是忍不住挣扎着说：“就当是为了艺术而艺术嘛。”

“呵呵，你真行，连唯美主义都搬出来做你的说客了。放弃吧，我就是对品酒没兴趣，你换哪个艺术流派来都说服不了我。”

在尝试了几次这样的对话之后，我彻底放弃了。想想艾伯特是一个连矿泉水都只喝一种品牌的人，我就觉得实在不该强求他品酒。我接受了我们的餐桌上一杯葡萄酒和一杯矿泉水并立的现实。是的，正如艾伯特说的，“我们不必分享一切”。但是，我内心深处的那丝遗憾始终挥之不去，总是幽幽地想：也许我们不必分享一切，但如果我们能在晚餐时一起分享葡萄酒该有多美好。或许，多年以来，我心里始终期待与我共度余生的那个男人，是一个能在月光如银的夜晚和我共饮美酒的人。

每当这个想法出现时，我都会在心里狠狠地骂自己：你太矫情啦！太自以为是啦！从来就没有十全十美的人生。这个男人虽然不能与你共饮，但是他爱你、尊重你、包容你，你还苛求什么？可是，每次我骂完自己，那一丝遗憾却丝毫没有减少，仍然在心底倔强地蛰伏着。

在我看来，品酒不单是一种爱好和生活方式，更是一种人生态度。我们对待品酒的不同看法，也折射出我们人生态度的差异。当然，即使同为“酒徒”，因为每个人的人生阅历和品位不同，对待酒的态度也会截然不同。比如有人喝酒就图一醉方休，而有的人则享受酒至半酣的美妙。我们常说的“酒品即人品”，大概多少能反映出“酒徒”之间的千差万别。

对于我和艾伯特之间因这种差异而带来的隔膜，我不知道会不会随着我们感情的日益深厚而逐渐消失。至少，我的心里一直期盼会有这一天。

其实，聪明如艾伯特当然能感觉出我们之间的那层隔膜，以及我身处这段关系中

一天晚上，我在旧集市大厅遇见了这个可爱的小姑娘。当时，大厅里只有她一人，昏黄的灯光下，她独自舞蹈。见我注视她，就害羞地停了下来。

的纠结。我想这甚至是他迫不及待地向我求婚的原因。他不想失去我。

记得六月初，我们曾一起从伦敦回艾伯特在苏格兰的家乡度假。那是在辽阔的苏格兰高地，他们家族的古堡就坐落在一处山丘上，背靠高山，面朝大海，景色壮美。

在那里，我见到了艾伯特的妈妈玛格丽特，一个魅力十足的老太太。初次见面，我即为她倾倒。玛格丽特虽然年近古稀，但仍然风姿绰约。她留着略带卷曲的金色短发，身材依然窈窕，完全没有她那个年龄通常会有的臃肿。她的着装也雅致得无可挑剔，米色的开司米羊绒套衫，配一条剪裁得体的淡驼色和咖啡色相间的西裤，脖子上系了一条浅金色丝巾，那是一种淡淡的金色，毫不眩目，像清晨最初的那一缕阳光，和她的金发映衬在一起，高贵极了。我近乎失礼地目不转睛地看着她，她不以为意，浅笑着，走过来轻轻亲吻我的面颊，举手投足间无不显现出这个家族的良好教养。

艾伯特告诉我，他妈妈年轻的时候是这个贵族家庭的叛逆者，常常有离经叛道之举，让家族里的长辈们大为头疼。那时摇滚乐刚刚兴起，保守的上流社会根本无法接受如此“轻狂”的音乐，而她却近乎疯狂地痴迷于此，甚至不顾自己的身份，整日和摇滚乐手们厮混。这让她的父亲非常恼火，最后不得不将她送到管束严厉的女子学院。玛格丽特当然不会乖乖待在学院里，其间又发生了很多故事。直到遇上艾伯特的父亲，那个风度翩翩、才华横溢的剑桥学子，玛格丽特才彻底安静下来，结婚生子，修身养性。

至今，玛格丽特仍然打得一手好架子鼓，这是拜早年的摇滚岁月所赐。每天下午，她都要打一会儿鼓。每当听见那节奏感十足的鼓声在古堡里想起，我都忍不住对艾伯特说：“天哪，你妈妈真酷！”

艾伯特不无幽默地回答我说：“是呀，就是有时候太酷了，让我都担心她会随时刺上文身，出去巡演。”

“喔，如果你妈妈真这么做，我会是第一个上台献花的人。”

在认识玛格丽特之前，我从没见过在她这个年龄仍然如此让人着迷的女性。她的身上，既有优雅的贵族品位，又有不羁的摇滚气质，这看似风马牛不相及的两种风格，竟被她融合得极为熨帖。

玛格丽特对我也是一见如故，我们很快就像多年的闺蜜一样相处自如了。早上，我们一起去山上、海边慢跑；下午，窝在家里听摇滚乐老唱片，兴之所至，就在壁炉前的地毯上跳舞。我们都喜欢听摇滚乐早期的歌曲，玛格丽特尤其爱披头士的第一首单曲《爱我吧》，她嘲笑他们的利物浦口音，可又说伦敦男孩唱不出他们纯真朴实的味道。玛格丽特有时模仿他们的口音唱歌，还教我跳当年最时髦的摇摆舞，偶尔又跑回架子鼓边打一会儿。那些日子，我们简直玩疯了。

艾伯特见我和他妈妈关系如此融洽，很是欣喜。不过，高兴之余，竟然有些吃醋。他说：“我觉得你爱我妈妈比爱我还多。”

我笑了，说：“好像真是这样呢。为什么你不像你妈妈多一点？那样的话我们俩可能相处得更好。”

这话看似玩笑，但我有时确实会这样想：如果艾伯特能像他妈妈多一点该多好！

可现实是艾伯特更像他的学者父亲，用玛格丽特的话说，就是“同样的俊朗，同

样的博学，同样的严谨，同样的刻板”。尽管艾伯特的父亲已经去世多年，我无缘得见，也无从判断，但是我想玛格丽特的话应该是可信的。

相处的时间愈长，玛格丽特和我愈发觉得投缘。她对艾伯特说：“我很喜欢你的女朋友，她棒极了，你应该赶紧向她求婚。”

就是在这样的氛围下，艾伯特和我订了婚。

午后的阳光洒满修道院的回廊，那是这里一天中最美的时刻。

SAINT
EMILION
et

8 闻香识美酒

你必须静下心来，才能体会葡萄酒那股特有的香味。不懂得闻香，也就无所谓品酒。记得我上第一堂品酒课，老师就告诉我，闻香是品酒的一部分。你要首先打开你的嗅觉，去体会葡萄酒独特的香味；接下来才能启动你的味蕾，去品味葡萄酒的醇美；最后一步，则是用你的心去感受葡萄酒的激情。

“喂，楞什么神呢？半天不说话。”小美轻拍了一下我的后背，将我从回忆的思绪中拉了出来。

我晃了晃头，对小美说：“没什么。走吧，心灵导师，我们找个地方随便吃一点东西，然后去La Maison du Vin 看看。”

La Maison du Vin 可以翻译成“葡萄酒之家”，是圣爱美浓旅游局在镇子上开设的一个葡萄酒中心，那里能买到很多本地产的葡萄酒，而且每周都有品葡萄酒的课程，课时是一个半小时，每人22欧元。虽然我和小美以前都上过品酒课，但小美还是很希望能去“葡萄酒之家”再上堂课，她觉得这里的课程肯定和别处不一样。

我们来到“葡萄酒之家”，一打听，品酒课早就约满了，整个夏季都没有空位置。无奈，我们只好打消了上品酒课的念头。

虽然上不了品酒课，但“葡萄酒之家”还是值得一看。它的外观就是一个法国传统的乡村别墅，但是内部的格局已经完全改变了。一层是葡萄酒展示大厅和闻香室，二层是品酒课教室。

La Maison du Vin（葡萄酒之家）是圣爱美浓旅游局设立的一个葡萄酒中心，目的是介绍和推广本地的葡萄酒。

葡萄酒中心一层的商店几乎囊括了圣爱美浓地区所有酒庄的酒，是了解这个地区葡萄酒的一个极佳途径。

在一层的展示大厅里，有圣爱美浓出产的各种葡萄酒，品种近千个。很多游人都喜欢在这里选购葡萄酒。

另外一个房间则是闻香室。这间闻香室大约70平方米，四周墙上挂着各个葡萄酒品种的图片和说明文字。房间的中央有一个回字型的四方桌，上面有12个倾斜的不锈钢瓶子，瓶口有一个小盖子，每个瓶子对应着一个按钮，一按按钮，瓶盖就会轻轻开启。这时候，把鼻子凑过去，就能闻到葡萄酒的香味。

我们刚走进闻香室，就看见几个年轻人在里面嬉闹，从衣着打扮和口音来判断，多半是美国人。他们围着桌面的瓶子胡乱地闻了一通，然后嚷嚷着“Nothing，Nothing……”跑开了。

这时，一个站在旁边的中年人走了过来，只见他一身典型的欧洲中产阶级休闲装扮，白色亚麻布衬衫，米色纯棉长裤，棕色小牛皮帆船鞋。看着那几个年轻人的背影，他轻声地自言自语：“当然什么都没有。闻香需要一颗安静的心。”

我和小美听了，相视一笑，凑近四方桌，沿着12个瓶子，逐一开始闻香。

那个中年人说得对，你必须静下心来，才能体会葡萄酒那股特有的香味。不懂得闻香，也就无所谓品酒。

记得我上第一堂品酒课，老师就告诉我，闻香是品酒的一部分。你一定要首先打开你的嗅觉，去体会葡萄酒独特的香味；接下来才能启动你的味蕾，去品味葡萄酒的醇美；最后一步，则是用你的心去感受葡萄酒的激情。在这品酒三步曲中，前面两步都不难，通过训练都能达到，最难的是最后一步，要取决于每个人的悟性和机缘。我一直以为关于“最后一步”的传说，不过是酿酒师和品酒师的故弄玄虚，那些用来形容葡萄酒的华丽辞藻也只是市场的烟雾弹而已。直到有一天，我在品了一款葡萄酒之后，突然感觉到那一刻的存在，我真真正正能体会出酿酒师的才华和热情，我甚至觉得自己知道酿酒师喜欢哪一种音乐、哪一类绘画。那一刻的激动心情实在无以言表，我只记得我想拥抱在场的每一个人，和他们交流我的感受。

有一天晚上，我和玛丽坐在她家的阳台上，喝酒聊天。我告诉玛丽我那天的感受，玛丽欣喜地看着我，两眼放着光，说：“太棒啦！祝贺你！就是那种感觉，像找到真爱一样。你和酿酒师在那一瞬间是心意相通的。这就是我们为什么热爱传统的酿酒方式，因为即使是同样的酒庄，同一个酿酒师，在不同的年份酿造的酒，味道都是不一样的，每一款酒都是独一无二的，是艺术品。这是那种大厂房里机器生产的酒根本无法给你的体验。” 她清了清嗓子，喝了口酒，接着说，“好的酿酒师都是艺术家，都是心性纯良的人，因为只有这种纯正的人才能用心去酿酒，用心去品酒。心存杂念的人根本做不好这件事。”

玛丽最后说的这句话让我深感触动。我本来半躺在躺椅上，望着星空，听了玛丽这番话，不由得坐直了身子，静静地看着她，心里陡然多了几分对她的敬重。对于我们普通人来说，很多时候，酒不过是餐桌上的推杯换盏，酒吧里的觥筹交错，而在作为酿酒师的玛丽那里，杯酒即是人生。

这是闻香室，可以闻到不同的葡萄酒香味。墙上的图片介绍了葡萄的品种和葡萄酒的酿造过程。闻香是品酒的一个基本环节，如果你有灵敏的嗅觉，就能更全面地体会葡萄酒之美。

VIGNOBLES & CHATEAUX
VIGNOBLES
& CHATEAUX
Vente et Conseil en vin
Baccarat
RIEDEL
SPIEGELAU
CRISTAL
SEVRES
Nachtmann
mesprimeurs.com
Expéditions internationales
International shipping
TAX FREE
Ecole du vin de St-Emilion
Wine school

9

巧遇王中王

他把我们领到一个需要钥匙才能打开的柜台前面，小心翼翼地从里面拿出了一瓶酒，我和小美凑上去一看，原来是1989年的Petrus（柏翠庄园）。柏翠庄园的酒号称“葡萄酒的王中王”，地位甚至在拉菲庄园等五大名庄之上，因其对于葡萄酒酿造艺术的极致追求，不仅产量非常低，价格也极为昂贵，被称为“一生只能喝一次的葡萄酒”。

"葡萄园和城堡"是镇子里装修最考究的葡萄酒专卖店，当我第一次从它门前经过时就发现了它的与众不同。镇上绝大多数的葡萄酒专卖店都是清新的田园风格，保留着中世纪乡村特有的淳朴。"葡萄园和城堡"的装修风格却很现代，处处透着精致与讲究，像巴黎香榭丽舍大街上的时髦女郎，在这个朴素的小镇上显得多少有点格格不入。

"葡萄园和城堡"的店面占据了它所在的那条街道最好的位置，橱窗里并没有放葡萄酒，而是摆着漂亮的水晶酒具，在阳光的照耀下光彩夺目。推开黑色大门，第一眼看见的是一盏巨大的水晶灯从近十米的天花板上高高垂下，极有气势，墙上挂的几幅以葡萄酒为主题的油画则为整个店铺增加了几分艺术气息。

经理朱利安很有职业经理人风范，待人接物都训练有素，颇为专业，和镇子上的其他店主不可同日而语。他殷勤地接待我和小美，但当我问他是否可以拍照时，他面露难色地说："你们也知道我们的装修很棒，现在镇子里已经有人开始模仿了，所以我们不希望资料外泄。"

我赶紧跟他解释，告诉他照片只会用在我的文章中，并和他打趣说："放心吧，我不是镇子里任何一家店铺派来的间谍。我昨天才到这里，还来不及发展这项业务。"

朱利安笑了笑，说："那好吧，你可以拍，但是千万不要拿给他们看哦。"

看见朱利安那副紧张兮兮的样子，我禁不住安慰他："其实在这个小镇上，还是那种传统的田园风格更合适，他们根本没必要模仿你们。何况卖的是酒，又不是装

经理朱利安显得相当职业化，他亲自给我们上了一堂VIP品酒课。VIP教室里放的是真皮沙发，用的是水晶酒杯，不像上课的地方，更像一个酒吧。

修。装修再好，酒不行，也是白搭。”

没想到我的这句大实话竟然让朱利安有些不悦，他略带赌气地说：“我们的装修是最棒的，我们的酒也是最棒的。”说着，他把我们领到一个需要钥匙才能打开的柜台前面，小心翼翼地从里面拿出了一瓶酒，我和小美凑上去一看，原来是1989年的Petrus（柏翠庄园）。柏翠庄园的酒号称“葡萄酒的王中王”，地位甚至在拉菲庄园等五大名庄之上，因其对于葡萄酒酿造艺术的极致追求，不仅产量非常低，价格也极为昂贵，被称为“一生只能喝一次的葡萄酒” 。（一瓶1961年的柏翠庄园，标价约6万欧元。）

朱利安发现我们对柏翠庄园的酒也略知一二，不免有几分得意，说：“这个酒在整个镇子里只有我们这儿有，拉菲、拉图和它都没法比。”我看了看标价，4500欧元，比同样年份的其他名庄酒贵了近一倍。

小美问朱利安：“你有1982年的柏翠庄园吗？我的毕生追求就是这个。”

朱利安一听，马上摆了摆手说：“那个年份太好了，不容易找到呀。就算有，现在的价格至少在3万欧元以上。”

我不由得和小美开玩笑，说：“这价格差不多都能买一辆宝马车了。喝的时候你就想，这一口是方向盘，这一口是车门……”

小美没好气地白了我一眼，说：“讨厌，俗不可耐的家伙。别破坏人家的兴致好不好。”不过，转而又叹了口气说，“葡萄酒确实是奢侈的爱好。几万块钱，如果买块表，买个包，至少还能用上几年，但是，一瓶葡萄酒，转眼就喝完了。”

这就是被誉为“葡萄酒王中王”的柏翠庄园（PETRUS），因为其凌驾于其他名庄酒之上的超然地位，被很多资深酒客追捧。

“要不这样，我们买一瓶年份普通的柏翠先尝尝。”我怂恿小美说。

“不，要喝就喝最好的。”小美毫不犹豫地摇摇头说。

朱利安又问我：“那你的梦想是什么？也是1982年的柏翠庄园吗？”

“不是。我想小美实现这个梦想的时候，一定不会独享，而是希望朋友们和她一起分享，所以我就等着那一天吧。”说着，我一脸谄媚地看着小美，期望她能给我一个满意的答复。

没想到，小美冲我一瞪眼，说：“放心吧，我一定在家里独享，然后打电话告诉你它的滋味。”

小美的回答气得我七窍生烟，说：“好吧，算我交友不慎。”小美听了，哈哈大笑。我不理她，掉过头对朱利安说：“就算喝不着柏翠庄园，人生也不会有太大损失，对不对？”

“对，对，对。”朱利安不住地点头，说，“人生可指望的东西太多了，你总该有点其他的梦想吧。”

“谢谢你的理解。”我看着好心的朱利安，感激地说，“我就盼望着能在收获的季节去柏翠庄园和他们一起采摘，最好还能留在那里看看他们的酿酒过程。”

“这个倒不难，我也许可以想办法替你安排。”朱利安轻松地对我说。

我喜出望外，兴奋得嚷嚷起来：“真的吗？太谢谢你啦！”我转头对小美说：“喏，塞翁失马，焉知非福？”

“那你得谢谢我。”小美笑着对我说。

“我谢你做甚？你这个葛朗台！”我佯装生气，语气却温和多了，大度地对小美说，“从现在起，我要系统地上些品酒课和酿酒课，多了解一些这方面的知识，这样才能不虚此行。你如果愿意，咱们可以一起上课，一起去柏翠庄园。”

“那你们明天上午有时间吗？上午一般客人不多，我可以亲自给你们上一堂品酒课。”没想到，一旁的朱利安听了，竟然主动提出给我们上品酒课。我和小美激动得点头如捣蒜。

从朱利安的店里出来，小美笑着对我说：“不会是天上真的掉馅饼了吧？我觉得他对你有意思，所以才会特意给我们安排品酒课。”

“我相信天上真的掉馅饼了，而且正好掉进了你我嘴里。”我认真地对小美说。

小美听了，笑得花枝乱颤，说：“哪里有免费的午餐。我看你最好告诉他你名花有主，免得人家表错情，我们的品酒课也上得不踏实。”

“好吧，那我明天戴上艾伯特给我的订婚戒指去上课。我觉得你多虑了，没准儿人家其实是指望你在那里买一瓶柏翠庄园呢。当然，也没准儿人家纯粹就是想传播葡萄酒文化。”我振振有词地对小美说。

“呵呵，你少来啦！我拜托你明天戴上你的订婚戒指去上品酒课，好吗？”小美不依不饶地说。

回到酒店，我开始找戒指，可翻遍了整个箱子，也没有看见戒指的踪影，我想应该是没有带出来。那枚戒指是艾伯特父母年轻时的订婚戒指，梨型切割的粉钻，非常华丽。订婚那天，艾伯特把它给了我，我很喜欢。只是戒指有点大，我担心会丢，也觉得在外旅行戴着这枚戒指太扎眼，不安全，所以我记得出门之前似乎把它放回了首饰盒。

我打电话给艾伯特，让他确认一下戒指是否还在首饰盒里。结果，好消息是，那枚漂亮的订婚戒指还安静地躺在首饰盒里；坏消息是，艾伯特和我就为什么我不戴订婚戒指在电话里和SKYPE上争执了几乎一整晚。

第二天早上，小美看见我的黑眼圈吓了一跳，问："你昨晚做贼去了吗？"

"没有，顾不上。我和艾伯特就一个很严肃的话题，进行了一整晚的讨论。"我说。

"什么话题这么重要，都不睡觉啦？"小美一脸好奇地问。

"婚姻与自由。"我没好气地回答小美。

"有结论吗？"小美更好奇了。

"暂时没有，冷战中。"我叹了口气，接着说，"你知道吗，我和艾伯特的对话如果是文学、艺术之类，一般都没啥大问题。但是只要一涉及感情，就完全听不懂对方，只能休战，根本没有途径达成共识。"

"呵呵，沟通障碍是不是因为你们俩各自的口音呀？"小美热心地帮我分析道。

"拜托，当然不是。"我气鼓鼓地白了小美一眼，接着说，"我们听不懂对方，就是大家常说的'鸡同鸭讲'，不在一个语境上。"

"哦，这不奇怪呀，我那天跟你说什么来着，他不喝葡萄酒就是一个问题。非我族类，其心必异。怎么样，我说得对吧？"小美故意加大了音量对我说。

店里的设计和葡萄酒的摆放都显得专业且充满现代感。

我无可奈何地笑着，没有回答小美。

虽然我知道小美说的是玩笑话，但多少切中了我和艾伯特之间的问题。当然，喝不喝葡萄酒并不是问题的关键，只是这个看似细微的爱好背后潜藏的生活方式和人生态度的差异在我们之间日益彰显，让我们不能再忽视它的存在。

其实，当我们从苏格兰回到伦敦之后，这种困惑在我心里就一天比一天强烈，两个如此不同的人真能共同生活吗？我翻阅了大量的心理学书籍，还一度去大学旁听心理学课程，我一遍又一遍地告诉自己“爱是恒久忍耐，又有恩慈”……我四处寻找答案，但是，我没有找到。随着婚期的临近，我越来越焦虑。正是在这种状态下，我告诉艾伯特我想一个人去旅行。

品酒区设计得现代感十足，这和小镇上其他店铺的乡村风格大相径庭。

10 VIP品酒课

我们品尝了6款他们自己酒庄出产的酒，价位从十几欧元到上百欧元，每一款的口感都很有特点，确实名不虚传。我和小美都不由得对着朱利安感叹道："圣爱美浓真是风水宝地，上帝实在太眷顾你们了。"

到了“葡萄园和城堡”，朱利安已经早早地等在那里。酒庄的老板布雷诺也在，他身材壮硕，看起来更像一个网球教练。他告诉我们他的这一身运动员体格都是从小在葡萄园里干活锻炼出来的。酒庄是他从父母那里继承的，现在他和他的孪生兄弟共同管理，哥哥负责酿酒，他管销售，经过十年的苦心经营，如今成了镇子里最大的葡萄酒专卖店。他们不仅卖自己酒庄的酒，也经营名庄酒，还开设品酒课，在整个镇上算是拔了头筹。应该说，布雷诺兄弟俩确实比镇上其他专卖店的经营者更有眼光和胆识，所以他们的店才能做到如今的规模。

对于如今这个成就，布雷诺颇为满意。他环顾四周，自豪地说：“你看我们店，简直就和巴黎的专卖店一样，多高雅！其他的店想模仿也模仿不了，因为他们没这品位。”

我和小美相视而笑，说：“对，你的店确实与众不同，我们到这里的第一天就发现了。”

布雷诺说：“你们很有眼光呀。听说你们今天来上品酒课，我告诉朱利安，只要拿几瓶我们自家的好酒让你们品一品，你们就知道我们酒庄在这一带是名不虚传的。”说完，布雷诺从酒柜里拿出六瓶他们自己酒庄的酒交给朱利安。

我们跟着朱利安来到二楼，这里有两个上品酒课的教室：一个是大课堂，窗明几净，标准的品酒课设置，一人一桌，上面放着各种品酒用具，可以容纳四五十人同时上课；另一个是VIP教室，布置得像一个酒吧，十六张深棕色的皮沙发，四张矮几，吊灯低垂，桌上放着的水晶酒杯，在柔和的灯光下格外晶莹剔透。

“葡萄园和城堡”店里的品酒课在小镇上很受欢迎，有不少游客都提前预订这里的课程。25欧元2小时，可以品鉴6款酒。

店主布雷诺和孪生哥哥共同经营家族酒庄，他很满意自己把专卖店打造得“不像小镇上的店铺”。

我和小美爱不释手地摩挲着漂亮的水晶酒杯，根本挪不动步。朱利安见此情景笑着对我们说："这样吧，今天没有VIP客人预约，我就在VIP教室给你们上课吧。"

我和小美听了，喜不自禁，各自找了张舒服的沙发坐下，认认真真地准备上课。

朱利安说："我想你们以前都上过品酒课，我就不给你们上那种普通的课了。今天我只给你们讲波尔多地区的酒，最主要的是圣爱美浓的酒，你们看怎么样？"

"好哇！"我和小美异口同声地说。

"你不会告诉我们，最主要的就是你们酒庄的酒吧？"小美问朱利安。

"你讲到重点了。我们酒庄的酒在圣爱美浓地区真的很重要。"朱利安那一本正经的语气活脱脱像当年一个曾风靡一时的台湾电视直销节目主持人。我和小美听了，不由得大笑起来。

看着我和小美笑得前仰后合的样子，朱利安大惑不解，说："不要笑，等你们喝了我们酒庄的酒，就会同意我的说法。"

我和小美这才意识到我们刚才的大笑很失礼，于是急忙向朱利安道歉，并解释我们笑的原因。朱利安听了，并没有怪我们，而是笑着说："可能你们觉得我的语气很夸张，但是我是真心觉得我们的酒好。"说着，他打开一张波尔多葡萄酒的产区地图，开始给我们上课。

这堂课确实让我们很受益，不仅了解了波尔多产区的地貌、葡萄酒的品种，也了解到这一地区独特的历史背景，虽然这些知识在其他品酒课上也会提到，但是不会像朱利安讲解得这般细致，而且，我们品尝了6款他们自己酒庄出产的酒，价位从十几欧元到上百欧元，每一款的口感都很有特点，确实名不虚传。我和小美不由得对朱利安感叹道："圣爱美浓真是风水宝地，上帝实在太眷顾你们了。"

朱利安对我们的话表示赞同，他说："我们圣爱美浓人也用我们的勤劳向上帝表达了感恩。"他想了想，接着说，"如果你们愿意，明天还可以来上品酒课，我可以让你们品一品圣爱美浓产区其他酒庄的酒。"

听了朱利安的话，小美诡秘地笑了起来，指着我对朱利安说："喂，你知道她可是名花有主了，她未婚夫是英国人。"

朱利安的脸腾地红了，摆着手说："你们误会了，我就是想请你们多品一些我们这里的酒。你们喜欢圣爱美浓，我觉得很荣幸。"他又转头对我说："话说回来，你这么喜欢葡萄酒，干吗嫁英国人？他们哪里懂葡萄酒？"

朱利安这么一说，我倒乐了，对他说："我知道法国人和英国人一向看彼此不顺眼，可你也用不着这么贬低英国人呀，毕竟二战的时候，还是人家救你们法国人于水火，别过河拆桥好不好？"

朱利安也不示弱，眨了眨眼对我说："他们不救我们不行啊，美酒和美女都在我们这里，没有我们，他们根本活不下去。"

朱利安的话把我逗得乐不可支，小美更是笑得上气不接下气。 她缓了好一会儿，才平静下来，问我："好了，不说笑了，言归正传，你明天还想来这里上品酒课吗？"

我犹豫了片刻，说："也许不来了，我这两天一直有点头疼，想先缓一缓。"

“好吧，那我们就改天再和朱利安约时间。可怜的孩子，我看你确实需要好好休息。”小美同情地看着我说。

就这样，我们辞别了朱利安。我决定先回酒店休息，小美则继续去小镇上的其他店铺品酒。

11 苏格兰的回忆之二

玛格丽特接着说：“我的意思是说你们两个如此不同，你喜欢四处旅行，而艾伯特只愿意呆在书房；你听摇滚乐和爵士乐，艾伯特只对古典音乐感兴趣；你热爱葡萄酒，艾伯特却滴酒不沾。我不得不说我有些替你们的未来担心。”

我回到酒店，躺在床上，一时无法入睡，思绪又回到了我和艾伯特的关系上。

我依然清晰地记得我在订婚之后的感受。我没有多少准新娘的喜悦，反而变得有些惶惑，甚至郁郁寡欢。但是，面对欣喜若狂的艾伯特，我实在没有一点勇气去告诉他我内心的感受，我不想伤害他。

一天下午，我们坐在壁炉前喝下午茶。虽说已经是初夏，但是苏格兰高地依然寒冷，我们不得不燃起壁炉。我坐在窗边，看着外面瑟瑟的寒风吹得一望无际的青草犹如波浪般翻滚，不觉愣了神。

艾伯特问我："你在想什么？"

我说："我想起了《呼啸山庄》，这情景就和我小时候看《呼啸山庄》时的想象一模一样。"

"哦，《呼啸山庄》呀，你多大时看的那本小说？"

"大概十四五岁吧。当时特别向往艾米丽·勃朗特描写的那种爱情，看了可能有三四遍，一直希望将来能有一个像希斯克利夫那样深情的爱人，懵懂、莽撞、热血沸腾。现在想起来真是太可笑啦！"我摇摇头，笑了，接着说，"不过，小说里面有句话我始终印象深刻，凯瑟琳说她爱希斯克利夫就像爱另一个自己，她最大的悲痛就是希斯克利夫的悲痛。"

艾伯特听了我的话，点点头，说："虽然英国文学界对这部作品的评价一直有不同的声音，但是公平地说，《呼啸山庄》是一部非常奇特的作品。毛姆就很看重它，1948年，他向美国《大西洋》杂志推荐世界文学最佳小说，一共选了10部，其中一部便是《呼啸山庄》。他曾经说过：‘我不知道还有哪一部小说对爱情中的痛苦、痴迷、残酷、坚守，曾经如此令人惊异地描述出来。’对了，你注意到没有，毛姆用了‘令人惊异’一词，可见，他对这部作品确实相当推崇。”

一说起英国文学，艾伯特总是滔滔不绝，但是今天这个关于文学的话题似乎没有延续太久，艾伯特很快把话题又转回到我的身上，他小心翼翼地试探我说：“亲爱的，我很欣赏你对于文学有毛姆的品位。不过，说到爱情，如果你现在还怀着那颗初心的话，那我们的感情一定会让你有些失望，对你来说是不是太平淡？你知道，我不是希斯克利夫。”

“哈哈哈，你当然不可能是希斯克利夫，你只能是林顿，我的林顿。你忘了，凯瑟琳最终嫁给了林顿。”看着艾伯特认真的表情，我忍不住大笑起来，对他说：“放心吧，我早就不是十几岁了，只有那个年龄的女孩才会憧憬神魂颠倒、刻骨铭心的爱情，而我现在这个年龄更喜欢咱们这种平静如水的生活。”

我的回答似乎让艾伯特暂时放了心，但他看我的眼神里却仍然流露出一丝担忧。我们开始转换话题，因为如果这个话题持续下去，我们都会更加不安。

艾伯特往茶杯里续了点茶，喝了一口，清了清嗓子，问我：“你喝葡萄酒的时候是什么感觉？”

“呵呵，太阳从西边出来了。你怎么突然想起来问我这个问题？你以前从来没问过，是不是打算加入我的阵营啊？”我一边假装好奇地上下打量他，一边反问。

“没有，我只是想知道我未来的妻子为什么如此喜欢葡萄酒。”艾伯特没有在意我的调侃，很认真地回答我。

“好吧，那我就给你讲讲中国古代诗词里是怎么描绘这种感受的。”于是，我把李白的《将进酒》、苏轼的《水调歌头》、曹操的《短歌行》里关于酒的诗句试着翻译给他听。当然，我的英语水平根本无法企及这些古诗之万一，只好说：“我回头给你找几个好的译本看，要不然我这糟糕的翻译水平一定会误导你，我敢肯定你现在就在想‘有什么神乎其神的，不过尔尔嘛’。”

“呵呵，不用了，我理解你的意思，不过我真的想象不出来喝葡萄酒这件事有什么乐趣，对我来说那可能是世界上最无趣的事情。看来，我是注定只能陪你喝一辈子矿泉水了。”艾伯特很笃定地回答我。

“嗯，还得是意大利的圣碧涛矿泉水。”我有些无奈，摇了摇头，接着说，“你知道吗，我有时候觉得你们英国人真是保守。德加的名作《苦艾酒》当年送到伦敦参展时，就让英国人很恼火，还引发了反法浪潮，说苦艾酒是‘法国毒药’。是不是有这回事？”我突然想起了这段艺坛掌故。

“确有其事。不是我们保守，是法国人太放浪形骸。我们两国人的生活态度不同。”艾伯特一板一眼地说。

“可我记得你们的大作家王尔德也喜欢苦艾酒，像‘一杯苦艾酒和一轮落日有什么区别？’”我努力在记忆中搜寻一些事例反驳艾伯特。

“所以他最后死在了法国，而且我还得提醒你——王尔德是爱尔兰人。”艾伯特说完，得意地笑了。

黄昏时分，游人渐渐散去，小镇又恢复了宁静。

“好吧，王尔德的例子算我不够严谨。那毛姆呢，他可是地道的英国人，是女王授勋的作家，他对酒也并不陌生啊，他的作品里好像还特意提到过一款叫‘新加坡司令’的鸡尾酒。”我不甘示弱地说。

“毛姆是英国人没错，可是他生在法国，死在法国，他的一生除了旅行，大部分时间都是在法国南部度过的。如果你问我毛姆在文学上属于哪个流派，我得说他属于法国派。他骨子里其实是一个法国人。”艾伯特耸耸肩，近乎幸灾乐祸地对我说。

“好吧，你赢了，我尊敬的英国人。”我说着，对艾伯特做了一个脱帽致意的动作。

日子就这么一天天地过去。玛格丽特已经迫不及待地要我成为这个家族的一员了，她整天带着我在古堡里转来转去，把这里的一切都告诉我，恨不得立时把钥匙交到我手上，让我掌管这个家。她看着我，眼里满是信任，说：“以后你就是这里的女主人啦！”

然而，从不失眠的我却开始失眠了，而且一天比一天严重，几乎每天晚上都目光炯炯地看书直到下半夜。玛格丽特知道后，告诉了我一个治疗失眠的秘方，睡前喝小半杯威士忌兑苏格兰姜酒。玛格丽特说她也偶尔失眠，因此睡前也经常这么喝上一杯。我如法炮制，果然有些帮助。

自从有了这个“睡前一杯”的节目，我和玛格丽特每天晚上临睡前都会在古堡里的酒吧碰头，我们穿着睡衣或浴袍，捧着酒杯，边喝边聊，杯中酒喝完，再各自回房睡觉。我们很享受这样的时光，称之为“睡衣派对”。

有一天晚上，在“睡衣派对”快要结束时，玛格丽特突然问我：“亲爱的，你介意我问你一个问题吗？”

“当然不介意，你请问吧。”

“你真的想好了要嫁给艾伯特吗？” 玛格丽特轻声地问我，她的声音极其轻柔，但是她的问题在我听来却仿佛有千斤重，我猝不及防，竟怔住了。玛格丽特接着说：“我的意思是说你们两个如此不同，你喜欢四处旅行，而艾伯特只愿意呆在书房；你听摇滚乐和爵士乐，艾伯特只对古典音乐感兴趣；你热爱葡萄酒，艾伯特却滴酒不沾。我不得不说我有些替你们的未来担心。”

我没有想到玛格丽特会如此直白地问我这个问题，一时语塞，不知如何回答，沉吟良久才说：“是的，我知道我和艾伯特有很多不同，所以我才会经常问他，也问我自己：‘一只猫会爱上一个菠萝吗？’我们之间的差别就像猫和菠萝那么大。”我苦笑着说，“我有时候觉得我们根本不可能跨越这道障碍，可有时候还是不甘心，想再试一试，我相信我们之间的爱，也期待我们的爱最终能跨越这个障碍。”我停了几秒钟，接着说，“而且，你知道你的儿子是一个非常优秀的男人，嫁给他我一定会幸福的，我很珍惜他。”

这是我的心里话，我没有骗玛格丽特。她是一个极其聪明的女人，我想以她的智慧和阅历，自然早就看出了我和艾伯特之间的问题，而且她懂得我，以一种女人的方式。因此，她的忧虑也在所难免。我之所以如此回答，并不全是给她吃定心丸，很大程度上也是在坚定我自己对这份感情的信心。

在盛夏的旅游旺季，小镇上人来人往，但只要你愿意，总能找到一个安静的角落读书。

玛格丽特听了我的回答，满心喜悦，她给了我一个大大的拥抱，说："太好啦！我真高兴你能这么回答，我相信这也是你深思熟虑的结果。我非常盼望你能早日成为我们家庭的一员。"她顿了顿，充满怜爱地看着我说，"我爱你就像爱我的女儿。"

不久，假期结束，我和艾伯特准备离开苏格兰回伦敦。临别时，玛格丽特拉着我的手说："你们回伦敦抓紧把自己的事情安排好，然后早点回来，婚礼的事我在这里帮你们筹备。放心，我一定给你准备一个特别难忘的婚礼。"

那一刻，我的眼睛有些湿润，我紧紧拥抱着玛格丽特，一句话也说不出来，只有满满的爱和感激在心里。与此同时，我却隐约有一种预感，觉得自己可能不会再回来了。

……

想起这些，我心里愈发难受，我不知道怎样面对玛格丽特，她像爱女儿一样爱我，而我却很可能作出一个伤害她儿子的决定。

我的头越来越疼，无法入睡，只得起身，去镇子里接着转悠。

12 修道院酒窖

“在我看来世界上再也没有第二个地方比波尔多更适合学习酿酒，来波尔多学酿酒是我儿时的梦想，所以，我现在只能待在法国，待在波尔多。”伊莎贝拉耸耸肩，接着说，“哪有不付出代价就能实现的梦想呢？因此，就是住在冰窖里我也认了。借用一下冷酷的法国人常说的那句话——C’est la vie，这就是人生。”

小镇上有很多古迹隐藏在寻常巷陌，居民们习以为常，也不以为意，而且大多古迹不需要门票，出入自由，普通游客很容易在不经意间错过一处风景绝美的古迹。修道院酒窖就是这样一个所在，它位于镇子里一条非常幽静的小巷，如果不是专门去找，很容易和它擦肩而过。但幸运的是，我和小美凭着多年的旅行经验和敏锐的嗅觉发现了它。

那是一扇毫不起眼的旧木门，门口有一块斑驳不清的牌子，标明这个14世纪的修道院是联合国教科文组织认定的文化遗产。我们正在门口研究着这块指示牌，踌躇着要不要进去看看，门“吱呀”一声开了，里面走出了两个年轻人。我们探头往院子里看了看，里面很空旷，有一个极其简易的白色吧台，墙角放着几个橡木桶，三五个客人围坐在吧台旁边喝酒，看似并无特别之处。

进去一问，才知道这个修道院的遗址实际上是在地下，里面有一个巨大的酒窖，是当年修道院的修士们为贮存自酿的葡萄酒而修建的。据说，如今在法国，中世纪的修道院酒窖保存得如此完整的已为数不多，所以这个酒窖确实值得一看。只不过我们去的不是时候，里面正在维修，暂时无法参观。

于是，我们只好在酒吧前坐下，每人要了一杯圣爱美浓特酿的桃红起泡酒。桃红起泡酒是夏季饮酒的上佳选择，它既不如红葡萄酒那般浓郁，也不像白葡萄酒那样清淡，不必配餐，小酌也别有风味。不一会儿，桃红起泡酒端了上来，我浅尝了一口，出奇地清雅芬芳，禁不住端起杯子一饮而尽。法国的葡萄酒礼仪讲究的是小口啜饮，旁边几个人见我如此豪迈，都不禁窃笑。我有些不好意思，小声地解释说：“我知道

放在酒窖门口的酒桶似乎在告诉人们这里悠久的历史。

这么喝葡萄酒不够优雅，可是这个酒太好喝了，而且我也确实有点渴……”

女服务员是一个善解人意的姑娘，赶紧替我解围，说：“谢谢你这么欣赏我们的酒，来，再喝一杯，这杯我请你。”她一边说，一边给我倒上了满满的一杯。众人看了，颇羡慕，都纷纷开玩笑说：“我也干了，你也请我吧。”姑娘笑着摆摆手说：“不行，不行，酒不够了。”接着，她冲我指了指后院，轻声说：“你们可以去后面坐，那里特别舒服。”

我们端起酒，沿着她手指的方向，穿过一条长廊，跨过一道石洞拱门，眼前豁然开朗，真没想到这里竟会有一个如此幽美的院子。中世纪修道院的断壁残垣和参天古树相互映衬，在夕阳的余晖中显现出苍凉的美感。我和小美都不禁为此美景绝倒。我轻轻地把酒放在一张小桌上，赶紧掏出相机，想在太阳落山前抢拍几张。遗憾的是，我的摄影技术实在难以捕捉这个院落特有的遗世独立之美。我后来又来过这里很多次，但始终都没有再拍照。不是不想拍，而是不忍拍，唯恐相机的响声惊扰这里的静谧。

我注意到，院子里虽然有十几个客人，却非常宁静，大家或低声交谈，或默默品

修道院酒窖的回廊在夕阳的余晖下格外迷人。我常在下午六点来到这里，就是为了感受这一刻奇妙的光和影。

酒，连在院子里玩耍的孩子都不可思议地安静。我想，大家可能都和我一样，很享受这静寂的时光。

我和小美选了张桌子，搬了两把椅子坐下，轻啜一口酒，闭上眼睛，任夕阳伴着微风轻拂面颊……

小美嘀咕着说：“真想不出比坐在这里喝葡萄酒更幸福的事啦！”

“是呀，我们是幸运的人。”我说。

正说着，那个女服务员走了进来，轻声和我们打招呼：“怎么样，这里很美吧？”

“确实太美了。刚才的事谢谢你。”我连忙向她致谢。

“不用谢，我很高兴你喜欢那款酒，我也很喜欢。酒被喜欢它的人喝，它也高兴。”姑娘俏皮地回答我。

这个爽朗幽默的姑娘名叫伊莎贝拉，巴西人，在波尔多的一所葡萄酒学校学习酿酒技术，假期就来这里打工。

伊莎贝拉告诉我们，她刚到法国的时候很不习惯，觉得法国人傲慢冷漠，不像巴西人那般热烈奔放，待人像一团火。她撇着嘴说：“你们知道吗？那时侯，我简直像掉进了冰窖。”说着，还做了一个冷得打哆嗦的动作。

我和小美都被伊莎贝拉的话逗乐了，不由得问她：“那你为什么还要待在这里？”

“没办法，我想学习最好的酿酒技术，因为在我看来世界上再也没有第二个地方比波尔多更适合学习酿酒，来波尔多学酿酒是我儿时的梦想，所以，我现在只能待

热情的巴西姑娘伊莎贝拉在波尔多学习酿酒，
利用暑假在这里打工。

在法国，待在波尔多。”伊莎贝拉耸耸肩，接着说，“哪有不付出代价就能实现的梦想呢？因此，就是住在冰窖里我也认了。借用一下冷酷的法国人常说的那句话——C’est la vie，这就是人生。”伊莎贝拉淘气地吐了下舌头。

那天以后，只要有时间，我下午都会去修道院酒窖小坐片刻，喝一杯桃红起泡酒，吃两块新鲜的杏仁饼干，和热情可爱的伊莎贝拉聊天。

喝完的空酒瓶就往这个酒架上一搁了事。久而久之，这些酒架倒成了一道别致的风景。

CHAI
PASCAL
BAR A VINS

13 帕斯卡酒吧

我很喜欢让帕斯卡给我推荐葡萄酒，比如，他会说某一款红酒有摇滚乐的味道，而另一款白葡萄酒则让他想起电影大师吕克·贝松的某部作品……他的这种独特的推荐方式，你在任何一本葡萄酒杂志上都看不到。在厌倦了各种葡萄酒术语之后，和帕斯卡品酒聊酒，绝对让人耳目一新，仿佛开启了另一扇通往葡萄酒世界的大门。

镇子里有很多葡萄酒酒吧，帕斯卡的酒吧则是我的最爱。不仅因为这里的葡萄酒品种繁多，更重要的是他们家的菜做得相当好吃，我几乎每天都来这里吃晚餐。

帕斯卡的酒吧没有名字，只在门口有一个“Wine＆Bar”的招牌。这个酒吧最初是小美发现的。有天晚上小美独自外出喝酒，回来告诉我发现一家很棒的酒吧，“明天你一定要和我一起去”。

第二天傍晚，我们一起来到帕斯卡的酒吧。在法国，老派的餐馆和酒吧通常会把当天的特色菜或特饮写在小黑板上，普通的菜单上是没有这些的，所以要想吃到当天最新鲜的食材，最好就是点小黑板上的特餐。当天的特餐是鳕鱼，正好我俩都爱吃鱼，就点了这道菜。

不一会儿，菜端上来了，亮白的鳕鱼配乳白的菜花，再点缀几片碧绿的罗勒叶，层次分明，清新诱人。我和小美见了，立刻胃口大开，舞动刀叉吃了起来。鳕鱼入口即化，兼有菜花的清香；菜花软糯，又得了几分鳕鱼的鲜美，实在美味之极。我猜测厨师是用白葡萄酒把鳕鱼和菜花一起慢慢煨熟，所以两种味道才能相互渗透，相得益彰。

我边吃边把我的想法告诉小美，小美也表示赞同，我更来了精神，对她说：“这道菜太好吃，我得见见厨师。”

说着便起身走到吧台前，问老板帕斯卡我能否和厨师聊两句。

小美在一旁笑话我说：“吃了蛋还要见鸡呀？”

我冲她眨了眨眼，说：“我只是想向这只‘鸡’表达我的敬意，当然也顺便打探

热爱艺术的文艺中年帕斯卡年轻时曾在巴黎的大学教授数学，后因爱上圣爱美浓小镇而移居于此。帕斯卡的健谈好客吸引了不少客人，酒吧的熟客非常多，基本上都是本地人。因为我经常来，久而久之他们也就不把我当外人了，见面常和我聊本镇新闻。

一下厨房机密。”

在法国餐厅，如果你喜爱一道菜，提出想见厨师表达你对他厨艺的欣赏，这并不失礼。厨师在不忙的情况下，通常都会出来接受你的赞美。有的米其林星级主厨甚至像大明星一般，会在工作间隙从后厨走到餐厅，接受客人们的顶礼膜拜和雷鸣般的掌声。

不一会儿，厨师出来了，竟是个20岁出头的毛头小伙子，很腼腆。当我夸他的菜做得好时，他的脸涨得通红，嘟囔着说了句“谢谢”，便马上转身回厨房去了，以至于我根本来不及充分表达我的赞赏。可能他出道不久，还没有习惯应对这种场面。

见我意犹未尽，帕斯卡赶忙过来接过话头，兴致勃勃地和我聊了起来。

我们的话题不仅仅是厨房机密，更多的是帕斯卡的人生经历。帕斯卡年轻时生活在巴黎，是大学数学老师。有一年，他来圣爱美浓过暑假，对这个小镇一见钟情，于是辞去大学教职，留在了镇上。一开始，他在一个酒庄里当采摘工人，然后学习酿酒，成为酿酒师；然后爱上了庄主的女儿，结婚生子，经营酒庄；然后开了这个酒吧。

帕斯卡说在这个镇子里经营酒吧有一个最大的好处，就是每年只在夏季忙三个月，剩下的时间他可以专注于其他的爱好。帕斯卡兴趣广泛，他喜欢拍纪录片，曾拍过一部关于葡萄酒的片子，在法国纪录片频道播放过。眼下他正忙于写一本侦探小说，他说：“等这个夏天过去，我就可以好好写我的小说了。”一个标准的文艺中年！

和帕斯卡聊天是一件愉快的事，估计这也是不少客人愿意在他的酒吧盘桓的原因之一。有时候即使没在他的酒吧吃饭，我也会去那里小坐，听他天南地北地神聊。我

这个葡萄酒酒吧藏酒丰富，客人多以品酒为主，但出品的菜肴也相当有水准，我几乎天天来这里吃晚餐。这份当日特选套餐有鱼、土豆泥和蔬菜沙拉，菜色丰富，分量也足，我吃完主菜就根本吃不动甜点了。

很喜欢让他给我推荐葡萄酒，比如，他会说某一款红酒有摇滚乐的味道，而另一款白葡萄酒则让他想起电影大师吕克·贝松的某部作品……他的这种独特的推荐方式，你在任何一本葡萄酒杂志上都看不到。在厌倦了各种葡萄酒术语之后，和帕斯卡品酒聊酒，绝对让人耳目一新，仿佛开启了另一扇通往葡萄酒世界的大门。

帕斯卡酒吧的墙壁上挂着他早年拍的黑白摄影作品，其中一些是他初到小镇时拍的，很有意境。他每次看到都喃喃自语："一见钟情啊！"一副不忍追忆的表情。

有一次，我忍不住问他当初为何对这个小镇一见钟情。他叹一口气，说："爱情永远没有原因。"他跟我提起俄国女诗人茨维塔耶娃，说她在巴黎住过很长一段时间，他特别喜欢她的一首名叫《我想和你一起生活》的诗：

我想和你一起生活
在某个小镇
共享无尽的黄昏
和绵绵不绝的钟声
在这个小镇的旅店里
古老时钟敲出的微弱响声
像时间轻轻滴落……

他停顿了片刻，沉浸在诗意中，然后轻轻地对我说："喏，就是这个感觉。"

那天晚上，我和小美在帕斯卡酒吧碰见了两个英国男人，都是来圣爱美浓朝圣的酒客。我俩坐在吧台上喝酒，听他们在一旁谈论一款葡萄酒，那语气活脱脱像是回忆初恋，情意绵绵，令人动容。

小美和我听了，都情不自禁地偷笑起来，她低声对我说："听见没，我早就对你说了，英国人也有很懂品酒的。你看你，非选个滴酒不沾的人结婚，挑战自我呀？"

我无奈地笑了笑，满腹委屈地说："唉，别哪壶不开提哪壶，我正烦着呢。"

"好吧，你自己忧伤会儿，我去和他们聊天。"小美掉头和两个英国人热火朝天地聊了起来。

过了一会儿，小美回来告诉我说这两个英国人明天会去附近的另一个小镇里本，她正好也想去那里，打算第二天搭他们的车一起离开圣爱美浓。

Librairie des Colporteurs
livres anciens - antique books
SAINT-EMILION
7
Rencontres
Historiques

14

恋恋旧书店

露葡的藏书近三万册，其中不乏珍本、善本。一本1850年的《圣经》，让人爱不释手。书很小，装在一个火柴盒大小的铜盒子里，看的时候必须用放大镜。我每次去书店，露葡都会把这本视若珍宝的书拿出来摩挲一翻，她不止一次地对我说："你知道我多担心人家把这书买走吗？"言辞间充满爱与不舍，仿佛那书是她的亲闺女。

次日清晨，吃过早餐后，我和小美拥抱告别。

几天的愉快相处，让我们在离别的这一刻有些不舍。

小美叮嘱我说："我说艾伯特的那些话有些偏激，你别太介意。其实我觉得他是很爱你的，你不要轻易作决定，否则将来也许会后悔。"

"我知道，放心吧。这几天我和艾伯特没有通电话，都想冷静一下。你不用担心我，好好享受你后面的旅程。"

我们互相留下联络方式之后，小美就离开了。

送走了小美，不知为什么，我心里有几分怅然，独自在镇子里漫无目的地走着。这时候，在一条小巷的深处，我发现了一家旧书店。

我对旧书店一直有种莫名的痴迷，每当我在异乡见到旧书店，总有一种他乡遇故知的欣喜。因此，当这家叫作"传播者"（Librairie des Colporteurs）的旧书店出现在我眼前时，那种喜悦立时涌上心头。

我推开古旧的棕黄色木门，走进书店。旧书店面积不大，也就六七十平方米，有

在小镇上发现了一家叫"传播者"（Librairie des Colporteurs）的旧书店，犹如他乡遇故知。我很快成为旧书店的常客，几乎每天都来此小坐。

LIVRES ANCIENS
ANTIQUE BOOKS

前后两间屋子。前厅约10平方米，陈列了许多旧版画、水彩画和招贴画，标价从几欧元到上千欧元不等。穿过前厅，里面还有一个大房间，书架上满满当当摆放着好些旧书。屋子的一角有一张老书桌和一把旧的布艺沙发椅，一个美艳的女人坐在书桌前低头写东西。我上前一打听，原来她就是书店的女主人，名叫露葡。

露葡长得很美，美得让人很难把她和一家旧书店联系起来。我按捺不住好奇，向她打听开旧书店的原因。露葡说原因很简单，就是因为自己喜欢收藏旧书，久而久之，藏书越来越多，就萌生了开旧书店的念头。五年前，她把这个想法告诉男友，男友很支持她，于是，两人就一同回到家乡圣爱美浓开起了这个旧书店。

我问露葡为什么一定要回圣爱美浓开书店。她告诉我，虽然圣爱美浓是一个不大的镇子，但悠久的历史、丰厚的底蕴，使这个小镇在葡萄酒的盛名之外，还有一种与众不同的人文气质。

“镇子里有很多画廊和艺术家工作室，但美中不足的是，书店很少，尤其缺少一家旧书店。我觉得如果有一家旧书店，这个镇子就完美了。那时侯，我还在波尔多做记者，但是这个想法始终萦绕在我心里，后来，我想不如干脆回圣爱美浓开个旧书店

露葡是这个旧书店的女主人，因为热爱旧书，遂和男友共同开了这间古朴的旧书店。

吧。”露葡一边心满意足地打量她的书店，一边把开书店的经过向我娓娓道来。

我环顾这个被露葡打理得井井有条、古朴雅致的书店，由衷地赞叹道：“没错，你的书店确实让这个小镇更加完美。”

因为实在喜欢露葡的书店，我成了这里的常客。整日在书店里流连，和露葡也成了朋友。不忙的时候，她会煮上一壶香浓的咖啡，和我坐在书店的一角，边喝边聊。每到这个时候，露葡就会向我展示一些她心爱的旧书。

露葡的藏书近三万册，都是从法国乃至欧洲各地搜集来的，其中不乏珍本、善本。一本1850年的《圣经》，让人爱不释手。书很小，装在一个火柴盒大小的铜盒子里，看的时候必须用放大镜。我每次去书店，露葡都会把这本视若珍宝的书拿出来摩挲一翻，我们总是边看边不停地啧啧惊叹。这本书是露葡的挚爱，她不止一次地对我说：“你知道我多担心人家把它买走吗？”言辞间充满爱与不舍，仿佛那书是她的亲闺女。

还有三本1790年的杂志也是露葡的宝贝。那是生活类的杂志，开本和今天的时尚杂志类似，内容也相仿，都是时装、家居方面的。彼时照相机尚未发明，里面的图片一概是手绘插画。比如介绍巴黎某名媛的着装，就配上几幅该名媛身穿最时髦服装的插图；如果介绍某人的家居，则把他家的陈设一板一眼地画下来。如此图文并茂的杂志，想来在当时一定很受时尚人士的追捧。我和露葡同为记者出身，又都当过时尚杂志编辑，因此见了时尚杂志的古董版，自然颇多心得，聊起来也是饶有兴味。

露葡的书店有很多旧画，有些品相非常不错，其中一张17世纪的手绘波尔多地

这本1850年的微型《圣经》只有火柴盒般大小，装在一个精致的小铜盒里，看的时候必须用放大镜。

露葡的审美品位不俗，书店里看似随意放置的古书、旧皮箱、烛台……哪怕是一个小小的烟盒，都是她精心挑选的。

图，十分漂亮，不仅有地图，还画出了当时的市井万象，很有几分《清明上河图》的味道。露葡不舍得挂出来，只在我每次去的时候，才拿出来与我一起欣赏。

露葡经常跟我讲一些收集旧书时发生的故事。这个时候，她的脸上总是散发出迷人的光彩。我看着露葡，对她说：“你真是一个爱书之人，经营这个书店你一定很快乐吧。”

“是呀，我很快乐。不过，也有特别矛盾的时候。比如，一本我心爱的书被客人看上，我一方面高兴，因为它找到了一个好归宿；另一方面又会伤心，因为它就要离开我了。我男朋友说我这么容易伤感，其实是不适合做旧书店的。”露葡边说边自嘲地摇摇头。

露葡和男友在一起多年，有三个活泼可爱的女儿，但两人一直没有结婚。露葡说：“我们并不在乎那一纸婚书，爱情才是最重要的。没有了爱，婚书又有何用？”

和露葡有同样想法的法国人不在少数，生儿育女却不结婚的法国人比比皆是。尤其是法国女人，她们极其自主独立，很少依附男人，这反而让她们在两性关系中占据更多的主导权，不会轻易为家庭所累。

除了旧书，店里也卖旧画，多是和波尔多以及圣爱美浓的历史相关的版画，颇有收藏价值。

露葡曾经这样向我描述她和男友的感情："我很享受这样的关系，我们爱对方，所以才需要对方，而不是因为需要对方，才爱对方。这一点在两性关系中非常重要。如果本末倒置，你在这段关系中就根本没有快乐可言，无论你做什么，你都会觉得是在为这段关系作牺牲，到头来你收获的可能都是怨恨和眼泪。"

不过，露葡对女儿们却多多少少有些愧疚，倒不是因为没有和她们的爸爸结婚，而是因为她有时过于专注书店，对女儿难免疏于照顾。她说："我经常丢三落四的，有时候在书店忙起来，甚至会忘了去学校接女儿。好在他们的爸爸比我细心多了，把女儿们照顾得很好。"

如今，她的大女儿已经上高中了，有时还来书店帮忙。书店也在露葡的精心打理下，日益成熟，有了稳固的读者和客户群。露葡建立了书店的网页，介绍藏书，也把其中的故事和读者分享。已经有越来越多的人喜欢上了这个位于圣爱美浓的旧书店。

有些爱书之人不远万里来到小镇，不为品圣爱美浓的美酒，只为看一眼露葡店里的旧书。

书店门口长年摆放一辆木头小推车，里面的旧书售价10欧元3本。游客多的时候，常常被一扫而空。

15 害羞的画家

马夸安是在小镇附近的村子里长大的，家里也有葡萄园，可从小他就发现自己对葡萄酒一点也不感兴趣，倒是对画画相当着迷。10岁的时候，马夸安第一次看到毕加索的画册，佩服得五体投地，从此视毕加索为偶像。

镇子里住着许多画家，马夸安是其中一个。

马夸安的画室在巨石广场附近。我第一次走进他的画室时，除了四周墙壁上挂着的油画，里面空无一人，只有鲍勃·迪伦的歌声在回荡。画架上的画油彩未干，我猜画家没有走远，就想不如在画室里稍等，也许他马上就回来了。

过了好一会儿，还不见画家的踪影，我疑惑地四处张望。这时，我发现门口的那幅一米多高的油画后面站了一个人，我狐疑地走过去问："你是这个画室的画家吗？"那个人探出头来，满脸通红，说了声："是。"

这就是我和马夸安的初次相遇。

马夸安是在小镇附近的村子里长大的，家里也有葡萄园，可从小他就发现自己对葡萄酒一点也不感兴趣，倒是对画画相当着迷。

10岁的时候，马夸安第一次看到毕加索的画册，佩服得五体投地，从此视毕加索为偶像。他说："毕加索为我打开了一扇门，他让我知道可以这样表达我看到的世界，那感觉我至今记忆犹新。就是从那一天起，我决定成为一名画家。"

起初，马夸安的绘画生涯并不顺利。先是考艺术学院落榜，后来几经周折考上了，又被老师视为缺乏天赋的学生，不受重视。毕业后，好长一段时间作品无人问津。但他从来没有气馁过，就这么一路扛了过来。如今，马夸安在画坛已经小有名气，不时在巴黎举办画展。有趣的是，面对陌生人，年届四十的他仍然像个大男孩，说话经常脸红，甚至有些口吃。

我觉得纳闷，问马夸安："为什么你这么害羞？"

画家马夸安躲在自己的画后面，双脚却从画的下面露了出来。我后来整理照片时，发现自己无意中拍下了这个有趣的瞬间。

“也许在我心里还住着那个10岁的大男孩吧。”他有些腼腆地回答我。

我又问他：“既然你这么害羞，为什么还要把画室放在小镇的中心位置？这太令人费解了。”

“我是特意放在这里的，这是对我自己的一个挑战。” 马夸安红着脸向我解释道。

“那你战胜自我了吗？”我半开玩笑地问。

“到目前为止还没有，你看我和你说话还、还、还是脸红。”马夸安结结巴巴地说着，脸更加红了。

见马夸安实在太窘，我觉得不便再追问这个话题。于是，我们转而聊马夸安的作品，他立刻松弛了不少，说话也自如了许多。

后来，和马夸安渐渐熟稔，我发现他是个很健谈的人。他迷恋东方文化，爱喝绿茶，热衷于和我讨论佛教、老子。有时候，马夸安的英语和我的法语不足以谈论更多严肃的话题，我们就笔谈。我俩聊天时，常常是一人一杯茶，中间一摞纸，旁边一本厚厚的法英辞典。两个人在纸上你一言我一语，聊得不亦乐乎。渐渐地，我们都习惯了这种聊天方式，有时候，即使一句简单的话也把它写在纸上，事后反应过来，两人都忍不住哈哈大笑。

马夸安画画的时候喜欢听摇滚乐，他的画室总是大声地放着鲍勃·迪伦、滚石乐队和大门乐队的歌。他时常跟着哼唱，但如果有人走进画室，他就马上闭嘴，安静地画画，等人一走，他又欢快地唱起来。我笑称他是“躲在画布和摇滚乐后面的男人”。

我把自己喜欢的一支叫“漂泊”（Traveling Wilburys）的乐队介绍给马夸安，这支有些冷门的传奇乐队由披头士的乔治·哈里森（George Harrison）、鲍勃·迪伦（Bob Dylan），以及杰夫·林尼（Jeff Lynne）、罗伊·奥宾森（Roy Orbison）、汤姆·佩提（Tom Petty）五位流行乐坛巨匠组成。他们只出过两张专辑，我尤其喜欢他们在鲍勃·迪伦家的车库录制的第一张专辑《小心轻放（Handle With Care）》，为此还专门去伦敦东区的跳蚤市场淘了一张有乔治·哈里森亲笔签名的CD。马夸安听了以后，说歌虽然好听，但给人的感觉总在路上，就像他们乐队的名字“漂泊”一样，让人的心无法安定。“我听这歌根本没法静心创作，只想去旅行。你是不是总在旅行的时候听他们的歌？”

经马夸安这么一问，我才意识到，我确实总是在旅行的时候听漂泊乐队的歌，而我这几年大多数的时间都在旅行，因此听漂泊乐队也成为我在路上的常态。我笑着对马夸安说：“你猜得还真准，我确实总在路上听他们的歌。如果在家听，我只想马上收拾行囊出门旅行，用我们中国一句流行的话形容就是‘跟打了鸡血似的’。”

马夸安不明白什么是打鸡血，于是我把中国六七十年代盛行打鸡血的典故告诉了他，他笑得直不起腰，说：“你们中国人真是太逗啦！你们难道相信这是科学吗？”

我告诉他那个年代的中国比现在封闭得多，很多人一辈子连自己生活的城市都没有离开过，所以，轻信一些荒谬的理论也就不足为奇了。马夸安耸耸肩，做出一副不可思议的表情，似乎还是难以相信这事曾经在中国发生过，他说：“好吧，不管怎么

马夸安的画室位于小镇的中心，就在巨石教堂附近，是开放式的，游人可以随意参观。

说，值得庆幸的是你没有生活在那个时代的中国，我是很难想象一个像你这样的姑娘每天抱着一只公鸡去医院排队打鸡血的。”

马夸安勾勒的滑稽画面把我也逗笑了，我无限感慨地对他说：“是呀，我很幸运活在一个不用打鸡血的时代，而且还能四处旅行。”

“呵呵，我觉得漂泊乐队就是你的鸡血。像你这种天生就喜欢漂泊的人，你生命的意义就是在路上。如果让你待在一个地方终老，就好比判了你终生监禁。”见我不语，马夸安接着说，“你不会为任何人停留，你需要的是可以和你一起在路上的男人，对吗？”

“嗯，对。不过，很可惜我未婚夫不是这种人。”我怅然地说。

“我告诉你，这个问题不解决，迟早是个事儿。” 马夸安皱着眉替我分析道。虽然我们认识的时间不长，但马夸安说话的架势似乎已经是和我相识多年的老朋友了。

有几次，我没有时间去马夸安的画室喝茶，外出回酒店的时候，竟然发现他带着沏好的茶在酒店外等我。他把茶盘放在城墙上，自己坐在一旁，悠然自得地自斟自饮。偶尔，开花艺店的莉莉会在那里和他一块喝茶。莉莉来自法属波利尼西亚一带的群岛，有一半的法国血统，虽说已经当了祖母，但她并不想放弃自己喜欢的波西米亚生活方式，仍然独自一人在小镇经营着花艺店。她也喜欢中国文化，梦想有一天能来中国。

每当远远地看见他们两人坐在城墙上，边喝茶边等我，心里便不由得泛起一阵暖意，仿佛回到了中国，和老友们在一起。

我们三个人在一起聊的最多的是中国和亚洲。马夸安和莉莉虽然都没有来过中国，可是对古老的东方充满了遐想。尤其是马夸安，他阅读了大量关于亚洲的书籍，对东方艺术的想象和莫奈一样，大多来自日本的浮世绘。我告诉他，如果你热爱东方文化，一定要来中国，同时，我也提醒他：“你必须先解决见生人脸红的问题。因为我们中国人实在太多了，你绝对招架不过来。”

马夸安听了，抚掌大笑，说：“ 谢谢你的忠告，我会努力的。或许我会打了鸡血再去中国。”

离开圣爱美浓的前一天，我去马夸安的画室向他告别。他没有多说话，只是转身在一张纸上写下一行字：“我打算去中国开一间画室，这样就可以最大限度地挑战自我。”

我微笑不语，在纸上写下我的回答：“这主意棒极啦！我代表十二亿中国人民欢迎你！PS：千万记得先打鸡血。”

画画的时候，马夸安喜欢听摇滚乐。画室里的人一多，马夸安就会悄悄溜出去。他似乎还是更享受独处的时光。

ARTISANAT
CREATION
BIJOUX
LIVING
ANGEL
CUIR
ARTISANAT
D'ART

16 玻璃工作室

伊丽莎白说："这不奇怪呀，我们法国人从中学开始就有哲学课程，自然对各种哲学思想感兴趣。我热爱庄子不仅因为他的思想，更因为他阐述思想的方式特别浪漫。在法国，我们有一个哲学家叫笛卡尔，他的哲学思想和庄子的很接近，但是，我觉得他的阐述方式远没有庄子典雅，所以我喜欢庄子更多。"

“夺目的光芒”（Accroche Lumiere）玻璃艺术工作室位于小镇集市遗址的二楼。这个空旷的集市遗址大厅，现在是几个手工艺术家的工作室，一楼有两个，一个是木雕，一个是银器，二楼就是这个玻璃工作室。

我那天原本要去小镇上的另一家画廊。盛夏的正午，骄阳似火，途经此处，竟觉有阵阵凉风袭来，格外清爽。被烈日炙烤多时的我实在难以抗拒这诱惑，迫不及待地拐进了大厅。

大厅里游客不多，只有几个孩童在玩耍。我在长椅上坐下，四下打量。一个玻璃工作室的招牌吸引了我的目光，顺着招牌，我抬头向上看去，只见一丛茂密的常春藤从楼梯上恣意地伸展出来，沿着楼梯攀爬，而正对着常春藤的，是一盏漂亮的彩绘玻璃台灯。看着它散发出的柔光，我对楼上的工作室禁不住浮想联翩，不由自主地拾阶而上。

推开工作室虚掩的门，我马上被里面摆放的各种精致的玻璃制品和彩绘玻璃台灯迷住了。午后的阳光透过绿色的树叶从窗外照射进来，在屋子里留下一片细碎的光影。衣着朴素的伊丽莎白是工作室主人、玻璃制品设计师。她热情而健谈，兴致勃勃地和我聊起了她创办工作室的经历、设计理念和人生哲学，洋洋洒洒竟聊了一个下午。伊丽莎白年轻时曾是公司白领，后来因为对设计产生了浓厚兴趣，遂辞职进入设计学院学习，毕业后就开设了这个工作室。

伊丽莎白告诉我她很喜欢中国文化，尤其是中国古代哲人，她非常崇尚庄子，信奉道家哲学。她说这些思想对她影响很大，在她的设计里常会用到。

伊丽莎白是一个才华出众的玻璃工艺家。

她问我："你一定知道'庄生梦蝶'的故事吧？"说着，她领我走到一排作品前面，原来，那是她制作的各式各样的玻璃蝴蝶。我吃惊地看着眼前这些色彩斑斓、形态各异的蝴蝶，爱不释手，伊丽莎白说："这是我的'庄生梦蝶'系列作品，我想这应该是庄子梦里蝴蝶的样子。"

我笑了，对伊丽莎白说："你果然是庄子的'粉丝'呀。这些蝴蝶很美，庄子在梦里见到它们一定很高兴。"

我告诉伊丽莎白我也很喜欢庄子，只是没想到在这个遥远的法国小镇居然也有同好。

伊丽莎白说："这不奇怪呀，我们法国人从中学开始就有哲学课程，自然对各种哲学思想感兴趣。我热爱庄子不仅因为他的思想，更因为他阐述思想的方式特别浪漫。在法国，我们有一个哲学家叫笛卡尔，他的思想和庄子很接近，但是，我觉得他的阐述方式远没有庄子典雅，所以我喜欢庄子更多。"说到这里，伊丽莎白竟露出了少女般的羞涩。

看着伊丽莎白的笑容，我禁不住和她打趣："你们法兰西真是抵死浪漫的民族啊！选择哲学思想都要挑浪漫的那个来喜欢。"

伊丽莎白是一个非常有才华的设计师。她的作品除了这些小巧可爱的彩绘玻璃饰品，还有葡萄酒杯和彩绘玻璃台灯。她的设计风格细腻雅致，尤其是彩绘玻璃台灯，更是受到美国顶级珠宝品牌蒂梵尼的青睐，多年来，伊丽莎白一直为他们设计台灯，是他们的御用设计师。

这里出品的手工彩绘玻璃台灯都很漂亮，大多是给著名珠宝品牌TIFFANY（蒂芙尼）设计的。

离开伊丽莎白的工作室前，我买了一只“庄生梦蝶”。看着这只美丽的蝴蝶，我心下感叹：谁能想到有一天我居然在一个法国小镇买了一只庄子梦里的蝴蝶回中国呢！

真是人生如梦。

精美的玻璃工艺品在阳光下愈发色彩斑斓，这只蝴蝶就是“庄生梦蝶”系列中的一件作品。

17 最简陋的画廊

进了画廊大门，那个看似极其荒芜的院子就呈现在眼前。院子大概一百多平方米，一半是草坪，一半是沙石，几件雕塑作品漫不经心地放在院中，一副饱经沧桑的样子，和破旧的中世纪院墙在一起，仿佛被遗忘在那里上千年了。

在见到邓普度画廊（Demptos）之前，我还从来没有见过哪家画廊像它这般随意而浑然天成。我第一次从它门前经过，以为这不过是一个废弃的院子，并没有太在意。走过之后觉得刚才经过的门口似乎挂了一个牌子，才想到这可能是一家画廊。于是，掉头回来，走进了这个与众不同的画廊。

进了画廊大门，那个看似极其荒芜的院子就呈现在眼前。院子大概一百多平方米，一半是草坪，一半是沙石，几件雕塑作品漫不经心地放在院中，一副饱经沧桑的样子，和破旧的中世纪院墙在一起，仿佛被遗忘在那里上千年了。从院墙望出去，远处教堂钟楼美丽的塔顶清晰可见。院子的另一端是画廊的室内部分，看上去像一个旧仓库，水泥地面，石墙斑驳，若不是天花板上那布置得疏密有致的专业射灯在闪烁，你根本无法把这里和画廊联系起来。我不得不说这是我见过的最简陋的画廊，但奇怪的是，它并不显得逼仄和粗糙，反倒有一种安稳的朴素和自然。

画廊里的画大多是表现葡萄园风光的，安静恬淡，一如小镇的气质。

画廊主人丹妮是一位五十岁开外的女士，举止娴雅，坐在院子的一角静静地看书。有人进来参观，她就微笑着点头致意，然后继续看书。

我参观完画廊，走过去和她打招呼，说我想了解一些画家的情况。她自豪地告诉我说这个画家是她的女儿，画廊里几乎所有的作品都是她创作的。

“你喜欢她的作品吗？”她热切地问我，眼里满是骄傲。还没等我回答，她便开始详细地向我介绍她的女儿。

她告诉我他们家有一个小酒庄，女儿从小在葡萄园里生活。她和丈夫本来希望女

貌似荒凉的院子里，有着一个与众不同的画廊。画廊几乎没有任何装修，保持了建筑的原汁原味。

邓普度画廊的女主人丹妮很为自己的艺术家女儿骄傲，画廊展示的作品几乎都是她女儿创作的。

儿长大能继承酒庄，不过，他们发现女儿最喜欢做的事不是种植葡萄和酿酒，而是画葡萄园。虽然有些失落，但是她和丈夫还是很鼓励女儿画画，就这样，女儿一路画进了美术学院。几年前，女儿毕业，成了职业画家。现在，她的作品在波尔多地区已经颇有名气，购买收藏的人不少。所以，做母亲的就专门开了这间画廊，代理女儿的作品。

“那您的画廊除了女儿的作品，还有其他艺术家的吗？”我问。

“有，但暂时还不多。目前我只想把我女儿的作品经营好。”丹妮摇摇头。

“希望您别介意，我觉得您这种对待子女的方式好像和大多数西方父母不太一样，倒更像是我们中国人的父母。我知道大多数西方父母在子女成年后通常比较尊重其独立性，对他们的生活不会有太多干涉；而我们中国的父母，则容易对子女关心过度，即使子女成年，仍然喜欢包办他们的生活，当然是在‘爱’的名义下，但实际上，有时他们的做法让子女苦不堪言。”我直截了当地说出了我的想法。

“呵呵，是这样啊。”丹妮笑着点头，似乎对我的话表示理解，她接着说，“虽然我和中国人的家庭没有接触，但大概能明白你说的那种情形，这在法国确实不太常见。因为我们相信孩子是上帝给我们的礼物，在他们成年前我们自然要照顾他们，当他们成年后，就应该开始自己的人生。”

“正因为我知道大多数法国人是持您刚才所说的想法，所以我才会惊讶于您专门为女儿开一个画廊啊。”我说。

“哦，其实你有所不知，开画廊是我年轻时的梦想。如果开画廊仅仅是为了帮助女儿，她可能压力会很大，我也会觉得付出太多，这样我们俩都不愉快。现在我的梦

放在院子里凉棚下的装置作品仿佛无心之作，却和画廊简单质朴的气质绝妙呼应。

想正好能帮助女儿实现她的梦想，一举两得，何乐而不为呢？况且，我们在处理画廊的事务上一直是平等的伙伴关系，至少到目前为止，我们相处融洽。”

原来，在这个朴素的小画廊背后竟有着两代人的梦。

我再次打量这个简朴之极的画廊，告诉丹妮我很喜欢它的风格。她笑着说：“其实也没有什么风格，我尽量保留这个院子的原貌，我觉得有时候简朴比奢华更持久。你看这个院子多美呀，它拥有镇子里最棒的风景。我坐在这里，就能看见教堂的钟楼——有什么能比这更美好呢？”

18 夫妻缝纫店

法国人虽然热衷旅行，但他们大多不喜欢加入旅行团，且对此嗤之以鼻。他们更倾向于自己策划行程，而不是一群人闹哄哄地去参观一些大众景点，然后再拍一些千篇一律的照片。以法国人自由散漫的天性，不难想见如果他们加入一个旅行团，那他们的导游将成为世界上最值得同情的人。

阿克泰尔太太缝纫店（Les Dames d'Aquitaire）位于镇上一条不起眼的小巷中，门面很小，门口不经意地放着两把椅子和一把巨大的遮阳伞，看起来和镇子上其他的私家小院并无二致。或许是因为这一点，我几乎没太在意它，虽然我经常从它门前经过。

一天，我又如常从缝纫店门口走过，猛然发现遮阳伞下多了两个穿着漂亮围裙的模特儿。我这才反应过来，原来这是一个家庭布艺作坊。于是，我毫不迟疑地走进了店里。

那是一个早晨，店主夫妇刚开门，店里还没有客人。女主人阿克泰尔太太已经忙着剪裁布料了，看我进来，她也没有停下手上的活计，只是对我笑笑，说："你随便看看，有需要叫我。"

店里放了一些纯棉和纯麻质地的面料，花色都是朴素的乡村风格，本白或亚麻色，带一些碎花或方格图案。展示柜上还有一些做好的成品，如桌布、围裙、手帕等。一台漂亮的老式缝纫机占据着屋子的一角，这种老式缝纫机即便在中国也已经不多见。我觉得新奇，问阿克泰尔太太："您还用这个缝纫机工作吗？"

"当然了，我找不到任何理由不用它。这是我祖母留下的，仍然结实耐用，只要给它上一点机油，你看，用起来多顺畅。"说着，她麻利地踩起缝纫机，愉快地向我演示起来。

"真的，看起来还是很不错。小时侯，我家也有一台和这几乎一模一样的缝纫机，我姥姥经常用它给我做裙子，我很喜欢，可惜后来我们把它卖掉了。现在看你用，觉得好亲切。"我边说边摸了一下缝纫机。

这台造型精美的老式缝纫机给这个小小的缝纫店平添了几分怀旧色彩。

“那你想不想试试？” 阿克泰尔太太大方地问我。

在阿克泰尔太太的指导下，我踩起了缝纫机。听着缝纫机在我脚下欢快地发出“哒哒哒哒”的声音，我和阿克泰尔太太也“呵呵呵”地乐作一团，仿佛两个一起玩玩具的小女孩。

正在这时，阿克泰尔先生走了进来，招呼自己的妻子：“嗨，亲爱的，什么事这么高兴？在外面都能听见你的笑声。”转脸看见我，他笑了笑，接着说：“哦，原来你给咱们店新招了一个工人啊，你可把自己解放了，怪不得这么开心。”

阿克泰尔先生的幽默把我们都逗乐了，我笑着对他说：“就我这技术，如果您太太雇我，你们可要亏钱了。”说着，我这个“新工人”向这对热情爽朗的夫妇作了自我介绍。

听说我来自中国，夫妇俩更加情绪高涨。他们告诉我正计划去中国旅行，阿克泰尔先生说：“我们早就盼着能有这样一次旅行。我们一直住在小镇，虽然每年都出去旅行，但从来没有去过中国。听说这些年中国发展得很快，我们特别想去看看。”说着，阿克泰尔先生拿出一张中国地图，让我给他们的行程提一些建议。

见这夫妇俩如此认真，我也不敢怠慢，拿出纸笔，逐条写下我的建议。

据我观察，法国人虽然热衷旅行，但他们大多不喜欢加入旅行团，且对此嗤之以鼻。他们更倾向于自己策划行程，而不是一群人闹哄哄地去参观一些大众景点，然后再拍一些千篇一律的照片。以法国人自由散漫的天性，不难想见如果他们加入一个旅行团，那他们的导游将成为世界上最值得同情的人。

夫妻相十足的阿克泰尔夫妇虽然结婚多年，仍恩爱如初。这个小小的缝纫作坊也被他们打理得井井有条、满室温馨。

基于对法国人个性的了解，我很快制订出了一个适合阿克泰尔夫妇的中国旅行方案。夫妇俩一看立马拍手称快，阿克泰尔先生说："明年夏天我们就按这个方案去中国。"

阿克泰尔夫妇都在圣爱美浓出生长大，算是小镇上的原住民。两人青梅竹马，后来恋爱结婚，转眼快20年了，依然举案齐眉、恩爱如初。

阿克泰尔太太喜欢缝纫，也精于此道，家里的窗帘、桌布、沙发套等布艺都由她一手包办，左邻右舍对她的手艺都赞不绝口。11年前，夫妻俩开了这个缝纫作坊，用阿克泰尔先生的话说，就是让大家来分享他们的甜蜜生活。 以前没开这个作坊，阿克泰尔太太也是天天围着缝纫机转，现在，爱好变成了事业，她更是乐在其中。先生负责进货，打理一些外部事务；太太专注于布艺的设计和制作。夫妇俩把一个小小的缝纫店经营得有声有色。

我和夫妻俩聊天时，他们一唱一和，言谈举止中流露出的浓浓爱意，让我这个在感情旋涡中苦苦挣扎的人十分眼馋。我禁不住向他们打探美满婚姻的秘诀，阿克泰尔太太说："我也不知道。也许我们很幸运，我们两个就是最适合对方的那个人。反正我们从来没有厌倦过对方，虽然已经相处很多年了。"

阿克泰尔先生接着说："有些事情看似简单平淡，但只要你能从中找到乐趣，就可以坚持下去；有些东西看上去华丽完美，但如果你无法从中获得乐趣，当然就很难持续。我想婚姻也是这样。"

阿克泰尔先生的几句话似乎为我纠结已久的问题找到了答案，我知道该如何处理我和艾伯特的感情了。

小店里的布艺制品有着质朴的田园风格，面料都是纯棉或纯麻质地。

19

苏格兰的回忆之三

我现在倒是觉得，结婚前双方应该再各自单独旅行一次，如果两人都很享受一个人的旅行，即使对方不在身边也不觉孤单寂寞或若有所失的话，那么，人生这段旅程他们也大可不必同行。

晚上十点钟左右，我在帕斯卡的酒吧吃完晚饭回到酒店，斜靠在床上看书。

这时，手机突然响起，见来电显示是艾伯特，我不由得起身坐正，呆呆地看着手机，踌躇不定是接还是不接——在此之前我和艾伯特已经好些天没给对方打过电话了。犹豫再三，我终于按下了接听键。

我们先是客气地相互问候，随后又聊了几句天气，接下来，是一阵沉默，似乎都不知道该怎样继续我们的谈话。

艾伯特先打破了沉默，说："你还记得在苏格兰的时候，有一天我捡了一大堆贝壳回来给你吗？"

"我当然记得。你捡了好多，结果不得不把外衣和帽子都脱下来装贝壳。"我说着，想起他当时的窘样，轻声笑了起来。

"你知道我为什么捡那么多吗？"

"为什么？我不知道。"

"因为你说你很喜欢那里的贝壳，它们的图案和颜色都很特别，所以，我就多捡一些给你。"停了片刻，艾伯特缓缓地说，"我想，至少，这个地方还有一样东西让你留恋，也许，你会为了这个留下来。"

听到这里，我的眼泪夺眶而出。

过了好一会儿，我觉得必须对艾伯特说些什么，我听见自己对电话那一头的艾伯特说："对不起，我不会回去了。真对不起。"

天哪，我在说些什么？尽管这句话在我心里已经萦绕很多天，但我并不想用这种无理而粗鲁的方式对艾伯特说出来。可是，已经来不及了，我抓不住我的声音，我的嘴似乎完全不受大脑控制，这句话仿佛自己从嘴里溜了出去。霎时，我的脑子里一片空白，握着电话的手微微颤抖，我屏住呼吸，等待着可能出现的狂风骤雨。

没想到，艾伯特出奇地平静，他说："我知道。"顿了顿，接着说，"其实你答应我的求婚之后，我就预感你会离开，但还是抱有一丝幻想。我不停地告诉自己，你不过是去旅行，然后就会回来。"

"很抱歉，真的很抱歉，我想我真的不会回去了。我知道我这么做太伤人，居然逃跑了，就像一个逃兵，甚至没有和你，还有你的家人好好道别。尤其是玛格丽特，她对我那么好，那么信任我，而我却让她失望了，请代我向她致歉。实在对不起！"我哭着说，心里满是歉意。

"没关系，我理解你，你不过是遵从自己的内心。我妈妈也会理解的，她很爱你，所以她一定会理解你的。"艾伯特的声音依然平静而温和。

我无法想象艾伯特经历了怎样的痛苦，而这痛苦竟然是我带给他的。如果他怒吼，甚至咒骂我，我反倒会心安一些。可是，他没有，我知道他的善良和教养使他不可能对我恶语相向，但他的平和却让我更加自责，我愈发觉得自己不可原谅。我对艾伯特说："我是一个糟糕透顶的人，竟然以这样的方式和你分手，我本该回伦敦和你好好谈一谈，但我居然就这么草率地把话说出来。我太糟糕了，不配得到原谅。请你恨我、鄙视我，然后忘掉我。"

"嘿，别妄自菲薄，亲爱的。你一点也不糟糕，只是很直率，从不拐弯抹角，这正是你的可爱之处。我一生中认识一些很棒的人，你就是其中之一。记得你们东方有个哲人说过：‘可能神要我们在遇到对的人之前先遇到一些错的人，这样当我们遇到生命中真正对的人时，就会更加珍惜和感激。’我很荣幸我能成为这样一个人，让你更懂得珍惜和感激。”艾伯特轻声对我说着，语气里没有一丝责备，甚至开始劝慰我。

我羞愧之极，无言以对。静默了几分钟，我努力使自己平静下来，试着调整语调，好让我们最后的谈话显得不那么沉重和伤感。

我对艾伯特说：“我知道人们总以为这时候说‘我配不上你’不过是借口，其实我想有的时候说这话的人是真诚的，他们真心觉得自己配不上对方才会这么说。我现在就想告诉你，我配不上你，你一定会找到比我更好的姑娘。我很庆幸自己曾经遇见你。你是一位真正的绅士，我在你那里学到了很多东西。感谢你对我的爱和包容。”

“不不不，亲爱的，你好得足以配上任何一位绅士，而且绰绰有余。我们俩只是不适合对方而已。至于我，也不是什么真正的绅士，我偶尔也说粗口，不过我会非

夕阳下，残旧古拙的回廊格外幽静。

常小心，不用母语说，当然也都在你听不见的时候，所以我想你从我这里也没学到什么，顶多是你的英语多了一些伦敦口音罢了，希望你不会介意。如果你不喜欢这口音，请不必保留。”艾伯特的语气渐渐变得轻松。不知道他是故作坚强，还是为了减少我的内疚，他在电话里竟然和我调侃起来，似乎恢复了以往的幽默。

就这样，我们又在电话里聊了一个多小时，包括如何处理一些善后事宜。聊到最后，我们都不觉长出了一口气。看来，这的确是一个正确的决定。当我们作出这个决定时，固然难免感伤，但之后都觉释然。 是的，我们都为这一段关系努力过了，现在唯一能做的就是放手。这不仅是我的感受，我从艾伯特的语调中也能明显感到这一点。他对我说：“尽管我们的关系有很多不尽人意之处，但我想我们都已经尽力。 离开我，去做更好的自己吧。”

“谢谢你，艾伯特。我会努力成为一个更好的自己。”我说。

“你必须做一个更好的自己，否则我们的分手就不值得。”艾伯特非常认真地说出最后这句话。

就这样，我们结束了这段在旁人看来几乎完美的恋情。

挂了电话之后，我虽然感觉如释重负，可心情却一时难以平复，我们这段感情的点点滴滴犹如电影一般，一一在脑海中重现。

这是一段既无风雨也无晴的平淡感情，我原以为尽管我们有诸多不同，但只要各尽本分，相互包容，也能成就一段不错的姻缘。但是，在我离开伦敦那一刻，我却有一种断了线的风筝般的快感，简直惬意极了。我还记得，到达波尔多那天，大口地呼吸着那里的空气，仿佛空气里充满着自由的味道。我这才意识到我在这段关系里其实并不自在，甚至有轻微的窒息感。

我当初计划独自旅行的时候，本以为短暂的分离会让我们彼此思念，坚定我嫁给艾伯特的决心。可是，事与愿违，这些天我发现自己越来越享受这种单独旅行，对艾伯特的思念不仅不强烈，反而越来越淡。随着这种感觉的日益增强，我开始怀疑我是否应该和艾伯特结婚，甚至怀疑我根本就不适合婚姻。因为我太热爱自由，婚姻对我来说更像是一种束缚。

记得钱锺书有一个理论，大意是一对恋人最好一起长途旅行一次，方能决定是否长相厮守。因为旅行中舟车劳顿，容易让人本性毕现。如果他们在旅行之后仍能相看两不厌，那么两人不妨互许终身。

我现在倒是觉得，结婚前双方应该再各自单独旅行一次，如果两人都很享受一个人的旅行，即使对方不在身边也不觉孤单寂寞或若有所失的话，那么，人生这段旅程他们也大可不必同行。

……

这么胡思乱想着，转眼就到了清晨六点。窗外开始下雨，淅淅沥沥的雨声让我终于有了一丝倦意，慢慢地进入梦乡。

20 莫尼卡妈妈

听了莫尼卡妈妈最后这句话，我顿觉醍醐灌顶。是呀，“人生什么时候开始都不晚，只要那个人生是你想要的”。其实，这也是这些天我一直在思索的一个问题，我对我和艾伯特的未来疑虑重重，正是因为我无法确定那种婚姻生活是否是我想要的。

一个多小时之后，我醒了过来。

这时，雨已经停了，天空澄澈，林木如洗。我推开窗户，扑面而来的空气格外清新。我打起精神，洗了个澡，换上一条蓝色纯棉长裙，走出了酒店。

因为时间尚早，镇上的店铺都没有开门，街上空荡荡的。我独自走在石板小路上，竟然能清晰地听见自己的脚步声。这条小路我每天经过数次，从来没有像此时此刻这样安静过。

走着走着，我发现路边有一个大厅的门开了。这是一个需要预约参观的私人画廊，以前很少见它开门，但奇怪的是，今天一大早，这个向来不开门的画廊倒先开门了。门口也无人售票，只贴了一张画展的招贴画，显得有些神秘。我耐不住好奇，逡巡着进了画廊。于是，在这里我遇见了后来被我称为“妈妈”的莫尼卡。

我进到大厅，里面空无一人。不过，展览的作品都已经一一陈列，是古罗马时期庞贝古城艺术风格的绘画作品，美丽而安详。看着这些充满历史感的画作，我仿佛进入了远古时代的庞贝城，心也不知不觉变得沉静了许多。

正在这时，一位年纪在60岁上下的女士走了进来。她身穿一件米色针织衫，一条黑色的亚麻松身长裤，舒适而悠闲。我猜她大概和我一样，也是在镇上度假的游客，就礼节性地冲她点了点头，说了声：“早上好！”

她微笑着回答我说：“早上好！真高兴一大早就有一个像朝霞一样美的姑娘成为我画展的第一位观众。”

原来，她就是这个画展的画家，我连忙对她说：“谢谢您的夸奖。您的画才是真

雨后的清晨，第一缕阳光照进画廊。这个需要预约才能参观的画廊，终于开门了。

美呢。我今天本来心情不太好，恰巧从这个门口经过，被您的作品吸引进来。看着您的画，我的情绪好了很多。”

“哦，可怜的孩子，是什么事让你忧伤？你愿意和我说说吗？”莫尼卡关切地看着我说。

没想到，听了她的这句话，我的眼泪竟刷地流了下来。也许是身处异乡太久，也许正好处于情绪谷底，莫尼卡的话让我备感温暖，那一刻我觉得她像母亲一般亲切。于是，我把我和艾伯特之间的情感纠葛一股脑告诉了莫尼卡。

听完我的故事，莫尼卡走过来抱住我，轻轻地拍着我的背，说：“好姑娘，别伤心了。我想你们俩可能真不属于对方，不要勉强自己，那样更痛苦。分手有时候是一件好事。想想那些美好的东西吧，你的心情会好起来的。”

“谢谢您的安慰。真抱歉，耽误您这么长时间听我的故事。我也不知道为什么突然在您的面前哭了起来，实在失礼。可能是您对我说话的神态，让我想起了我的母亲。”我有些不好意思地对莫尼卡说。

“亲爱的，不用为这个道歉。我很高兴听见你说我像你的母亲，如果你愿意，也可以叫我妈妈。”莫尼卡和蔼地看着我说，声音轻柔极了。

我激动得拼命点头，半天说不出话来。

因为不希望自己的感情苦恼再耽搁莫尼卡妈妈过多的时间，我赶紧把话题转向她的绘画。

“您的作品很有意思，好像是庞贝古城的壁画风格？”我问莫尼卡妈妈。尽管我

被我称做“妈妈”的画家莫尼卡虽然已经67岁，却仍然理想满怀，创作力旺盛。

从没有去过庞贝古城，但是因为以前看过一本有关庞贝时期艺术风格的书，所以多少能辨别出莫尼卡妈妈的绘画风格。

“对，没错。” 莫尼卡妈妈赞许地看了我一眼，接着说，“这个说来话长。我读美术学院的时候，去过一次庞贝古城，一下就被那里的壁画迷住了。我临摹了大量壁画，回来后就开始按照这种画风进行创作。”

“这么说您按照这种画风创作了很多年？”我又问。

“没有，中间中断了20年。因为我父母担心我当艺术家没饭吃，就极力说服我放弃画画去上医学院。从医学院毕业后，我就开诊所，成了牙医。40岁的时候，我实在对当牙医厌倦透了，就关了诊所，重拾画笔。然后，一直画到现在。”

莫尼卡妈妈的一席话听似云淡风清，却让我颇受震动，在40岁放弃已有的成就和生活，重新开始一番事业，不是每个人都有这样的勇气，我不由得对莫尼卡妈妈心生敬佩。我看着她虽不年轻但自信而坚定的面庞，感叹道：“您这么做绝不是一件轻松的事。”

“是不轻松，我曾经想放弃，但和我丈夫商量后，他给了我很大的鼓励。他说既然画画能让你快乐，那你就应该坚持。你应当选择可以给你带来快乐的生活。” 莫尼卡妈妈回答我说。

“您很幸运，有一个理解您的好丈夫。”我说。

“确实如此。”莫尼卡妈妈说着，脸上泛起甜蜜的微笑，“他一直很支持我。刚开始几年，特别难，因为我放下画笔时间太长，再开始画，一时找不到感觉。我变得焦躁不安，脾气坏极了，他总是容忍我。就这样画了将近20年，在我60岁的时候，我的作品终于逐渐被很多同行和评论家关注，举办了几次展览，也都非常成功。”

我难以置信地看着莫尼卡妈妈，问：“60岁？天哪，您竟然这样坚持画了20年！对您的创作来说，年龄不会有障碍吗？”

“偶尔有，但这从来都不是大问题。我今年已经67岁了，但我觉得我仍然精力充沛，创作力旺盛。”莫尼卡妈妈笑意盈盈地看着我说，“亲爱的，你要记住，人生什么时候开始都不晚，只要那个人生是你想要的。”

听了莫尼卡妈妈最后这句话，我顿觉醍醐灌顶。是呀，“人生什么时候开始都不晚，只要那个人生是你想要的。”其实，这也是这些天我一直在思索的一个问题，我对我和艾伯特的未来疑虑重重，正是因为我无法确定那种婚姻生活是否是我想要的。

这时，陆续有参观者进来，莫尼卡妈妈忙碌起来，我们各自留了电话号码，匆匆告别。

过了一个多星期，我收到莫尼卡妈妈的短信，告诉我周末下午将有一个小型的闭幕酒会，邀请我去参加。我特别高兴，回电话说我一定按时去。

结果，周末的上午，我去一个酒庄参加品酒会，回来的时候因为走错了路，到镇上已经有点晚了。我匆匆忙忙地回酒店换了一条黑色长裙，三步并做两步地赶到了莫尼卡妈妈画展的酒会。

酒会已经接近尾声，莫尼卡妈妈正在和几位来宾话别。她身着一袭绣着浅金百合花的乳白色礼服，显得优雅不凡。我急忙上前向她致歉，她一把拉住我说：“没关系，亲爱的，你来了就是我最大的荣幸。来，我给你介绍我的丈夫。”说着，她把我领到一位身材挺拔的绅士面前，说：“这是雅克。”

老先生看着我，热情地说：“啊，你就是那位可爱的中国姑娘，我的妻子天天念叨你。很高兴认识你。”他一边说一边给了我一个结结实实的法式贴面礼，在我的脸颊两侧各重重地吻了一下。

莫尼卡妈妈在一旁见了，假装不高兴，嗔怒道：“你可是真的吻哦，看来你还是喜欢年轻姑娘。”

雅克连忙拥住她，说：“你永远是我的年轻姑娘，我可爱的公主。”

看着这一对浓清蜜意的老夫妻，我终于明白了莫尼卡妈妈为什么在67岁高龄仍然有如此旺盛的艺术创造力。我羡慕地对莫尼卡妈妈说：“真希望有一天我能像您一样幸福。”

“放心吧，你一定会像我一样幸福的。也许你的Mr.Right正在下一个街角等着你呢。”

临别的时候，莫尼卡妈妈坚持要送一幅画给我，她说：“你自己挑吧，亲爱的。我们一见如故，我希望能给你一幅画作为留念。”

我推辞再三，最后挑了一副小画，那是一朵半开的鸢尾花，含苞吐蕊，秀美婀娜。

“我也很喜欢这幅画，鸢尾花开的时候真是美。记住哦，要享受人生每一个美好

这个花草系列作品，因为尺寸小、价格低，非常受欢迎。开展当天，几乎被订购一空。

的瞬间，那都是上帝给我们的恩赐。”

如今，这幅画就挂在我的卧室里。每当我看到它，就会想起莫尼卡妈妈，想起我在圣爱美浓遇见的每一个人，小美、露葡、马夸安、阿克泰尔夫妇……他们的出现似乎都别有深意，也许正是这些冥冥之中的不期而遇，促使我更多地思考我的人生，审视我的生活，并最终作出了我人生中一个非常重要的决定。

莫尼卡的作品展现的是古罗马时期庞贝古城的壁画艺术风格。

21 住在小镇

住在这里的每个清晨，我都是在一片鸟语花香中醒来。黎明时分，花园里各种花草的香味开始一点点沁入房间，清脆的鸟叫声此起彼落地响起。这时候，我便依稀想起沈从文给张兆和情书里的一句话：“清晨听见鸟鸣，叫人不敢堕落。”

最后不得不说一下这个小镇上的酒店，因为之前我提到我对旅行中的酒店有一些近乎偏执的要求，而这次我在事先没做任何计划的情况下，在这个小镇住了一个多月，可以想见这其中的波折对我这样一个奇特的“酒店控”来说有多么惊心动魄。

小镇上有六七家酒店，从B＆B家庭旅馆到五星级的豪华酒店一应俱全，价格从50欧元到500欧元不等。我在小镇上住的这几十天，因为是旅游旺季，酒店的预订很多，以至于我无法在一家酒店住太长时间，所以只能在不同的酒店之间来回迁徙，这也让我有机会感受小镇上不同的酒店风格。

最令我心仪的不是奢华的普雷桑思酒店（Hostellerie de Plaisance），而是一家朴素的家庭旅馆“小塔楼”（La Tourelle）。我进入小镇的第一天就发现了它，一栋非常普通的两层小楼，典型的法国南部乡村住宅，米黄色的墙面，白色的门窗，一丛葡萄藤沿着门窗攀爬着，屋子坐落在半山腰，一望无际的葡萄园环绕着它。我立刻就被它质朴的田园风格迷住了。

那天小美也在，她也很喜欢这个小旅馆，所以我们当即决定入住这里。可是没想到，任凭我们拍破了门喊破了嗓子，旅馆内也毫无反应，我们按照门口招牌上的电话号码打过去也无人接听。就在我们一筹莫展的时候，一对住在附近的中年夫妇恰好经过这里，他们告诉我店主一家都外出度假了，要过些天才能回来。我们只好打消入住这里的念头，继续寻找别的酒店。可是，问了好几家，都没有空房，包括最贵的五星级酒店普雷桑思。在我们近乎绝望的时候，终于在一条较为偏僻的路上找到了一家小酒店。

这栋遗世独立的小楼只有一套可供使用的复式客房，我在这里住过几晚，就在二楼那个有阳台的房间。夜里，我行走在空荡荡的楼里，仿佛自己是最后的贵族。

PALAIS CARDINAL
HOTEL DU PALAIS CARDINAL

我们办好手续，却被告知房间不在主楼而在副楼，我和小美立时觉得忐忑不安。经常外出旅行的人多少都知道，酒店的副楼和主楼有时会有天壤之别。当我们跟着服务生战战兢兢来到副楼见到我们的房间，顿时欣喜若狂——那是一幢独立的二层小楼，里面只有两个套房，我和小美住了一个复式的套间，旁边一个套间暂时没有开放使用，这就意味着整幢楼只有我们两个人。我们兴奋地跑上跑下，查看屋里的每一个角落，很庆幸自己在没有预订的情况下能找到这样的房间。

可是，我们高兴得太早了。睡到半夜，我们被一阵喧哗吵醒，侧耳细听，是几个年轻人喝多了，坐在楼下的窗台上高谈阔论呢。他们的声音越来越大，丝毫没有停下来的意思，我们只好推开窗户向他们抗议，没想到却把他们吓了一大跳。原来，他们一直以为这个看着冷冷清清的小楼里没有住人，所以嗓门特别高。虽然酒喝得有点多，但这几个年轻人还算通情达理，向我们道歉后就离开了。我一看表，已是凌晨两点。

这样的事情，以后几天还时有发生。我们终于明白为什么全镇酒店客满，唯独这

主教王宫酒店建于1878年，这座旧时的贵族宅邸如今是一个只有二十几间客房的精致酒店。

幢小楼有空房间了。

几天后，小美离开了小镇，我则打算换一家酒店。很幸运，我在主教王宫酒店（Hotel de Palais Cardinal）找到了房间。这也是小镇上我极为钟爱的一家酒店，它曾经是旧时贵族的宅邸，又称“主教王宫”，是大主教下榻的地方，后来被改建成精致的酒店。“主教王宫”基本保留了原来的风貌，典雅大气，不落俗套，没有矫揉造作的陈设，也丝毫没有暴发户的气息。酒店虽然不大，但有一个美丽的后花园和一个户外泳池，而泳池边那一段残破苍凉的城墙美得让人不忍离去。我和小美第一次见到这家酒店，小美就说：“为了这个后花园和这段城墙，我也要住进这里。”可惜那几天他们没有空房间，我们只好给他们留下联系方式，遗憾地离开了。

在我忙着找第二家酒店的时候，意外地接到主教王宫酒店的前台给我打来的电话，告诉我因为有一个客人临时退订，他们现在有了一个空房间。我喜出望外，连忙收拾行李搬了进去。

酒店的房间极其安静，我终于可以在这里睡一个安稳觉了。住在这里的每个清晨，我都是在一片鸟语花香中醒来。黎明时分，花园里各种花草的香味开始一点点沁入房间，清脆的鸟叫声此起彼落地响起。这时候，我便依稀想起沈从文给张兆和情书里的一句话：“清晨听见鸟鸣，叫人不敢堕落。”

不过好景不长，一个星期后，因为有客人预订，我不得不再次换酒店。我像热锅上的蚂蚁，几乎跑遍了镇上所有的酒店，都没有找到空房间。

我沮丧极了，一边垂头丧气地往回走，一边做了最坏的打算：如果再找不到酒

在古老沧桑的岩石城墙下，游泳池的水显得格外澄澈。能在这段岩石城墙下游泳，是我选择主教王宫酒店的一个重要原因。

店，我就只能回波尔多了。

就在这时，我发现我最喜欢的旅馆“小塔楼”里面竟然有人了，便狂喜地奔过去。一位中年男士正在开门，我急忙告诉他我的意图，他说很感谢我对他们旅馆的厚爱，但是他们的客房也已经预订满了。我想我当时的表情一定很绝望，他似乎动了恻隐之心，停顿了片刻，对我说：“这样吧，你明天上午来一趟，也许我能给你想想办法。”

第二天一早我来到小塔楼旅馆，这位中年男士把我领到一个房间。

天哪，这是我梦寐以求的房间：推开窗户，就能看见郁郁葱葱的葡萄园，而且房间巨大，估计有六七十平方米，这实在是太奢侈了。在法国，一般酒店的标准客房都很小，哪怕是五星级酒店。男士看着我吃惊的样子，笑了笑对我说：“你如果喜欢，它就是你的房间了。”

我简直无法相信自己的耳朵，惴惴不安地问：“会不会很贵？”

“不贵，和普通客房一个价格，65欧元一晚。如果你住的时间长，我还可以给你优惠。”

我连连点头，喜不自禁地说：“我要这间房，现在就搬过来。”

就这样，我终于住进了我一见钟情的小旅馆。

几天之后的一个早晨，我刚起床，就听见有人敲门。我打开房门，见一个两三岁的小女孩站在我的门口，她似乎还不太会说话，自言自语地嘀咕了几句，就走进房间，旁若无人地玩了起来。不一会儿，一个十七八岁的年轻姑娘跟了进来，边向我道

主教王宫酒店的客房典雅舒适，清幽怡人。住在这里，我每天都在鸟语花香中醒来。

歉边解释，说这个小女孩是店主的女儿，她是小女孩的保姆，这个房间本来是小女孩的卧室，因为店里没客房了，所以店主一家把女儿的卧室腾给了我。

我这才恍然大悟，为什么我住进来的第一天在壁柜里发现了一张婴儿床，原来我霸占了一个牙牙学语的小姑娘的房间。

我急忙去找店主致谢，他正巧外出办事，他的妻子接待了我。她对我说："别客气，我们看你一个姑娘单身出门不容易，而且这个季节在镇子上非常不好找房间，所以就把我们女儿的房间空出来给你住了。只要你住得满意，我们就高兴。"

于是，我在这个葡萄园里的家庭旅馆又住了二十几天。因为住得太过惬意，不免生出家的感觉，几乎忘记了自己是一个身处异乡的旅人。

可爱的家庭旅馆“小塔楼”是小镇上我最心仪的旅馆，也是我在这里居住时间最长的地方，淳朴的乡村风格，让人备感亲切。

22

零散记忆

我在小镇的这段时间，几乎把每家店铺都喝了个遍。小镇上的人们每天都能看见我步履轻盈、面颊绯红地在各个店之间穿梭，估计直到现在，小镇上还流传着“那个很能喝酒的中国女孩”的传说吧。

教堂

巨石教堂是圣爱美浓小镇的中心。尽管我见过无数的教堂，但这座建于石洞里的中世纪教堂还是给我留下了深刻印象。教堂的主体隐藏于地下，至今保存完好，当我置身其间，不由得对中世纪的能工巧匠心生景仰。迄今为止，巨石教堂的规模仍是欧洲同类型教堂中最大的。

教堂外面就是广场，像大多数法国小镇的广场一样，面积不大，也就几百平方米。围绕着广场，有一些店铺和餐厅，小镇的居民和游客都喜欢来这里聚集，比起镇子上的其他地方，这里的人气相当旺盛。

广场上正对着教堂的另一侧，坐落着镇子里最大的修道院。这个修道院最让人难忘的是它的后院，因为那里有一个幽美无比的回廊。我喜欢在午后来这里小坐，也不干什么，就那么坐着，看夏日的阳光给整个回廊披上一层淡淡的金黄色的外衣，温柔而不动声色。 真乃世间万物，各按其时成为美好。

这里经常举办画展，草坪上也常年摆放着雕塑作品，偶尔还有音乐会。

小镇上的人们很懂得如何让艺术融于生活。

修道院的后院有一个幽美的回廊。这里经常有画展，中间的草坪上不时摆放着当代艺术家的雕塑和装置作品。

葡萄园

圣爱美浓是被葡萄园包围的小镇，大小酒庄约1200个，既有声名显赫的白马庄园、奥松庄园，也有无数籍籍无名的小酒庄，因此，随处可见蜿蜒葱茂的葡萄园。

这里的土质极好，对葡萄种植者来说，绝对是寸土寸金的风水宝地。如果你见到巴掌大的地盘也种满了葡萄，完全不必意外。

我喜欢在葡萄园里漫步，经常一待就是几个小时。透过那些郁郁葱葱的葡萄藤，不时能看到中世纪的断壁残垣。这种时光交错的美让人着迷。

骑自行车在葡萄园里穿行也是一种令人心旷神怡的享受。我经常骑车去小镇附近的一些酒庄品酒。如果提前预约，还能在那里住上几晚。

这一小块葡萄园只有十几平方米。在寸土寸金的小镇，这样的情况并不鲜见，因为这里的地貌实在太适宜种植葡萄了。

酒铺

卖葡萄酒的店铺在小镇上也是数不胜数，可谓八仙过海，各显其能。有的经营各种顶级的名庄酒，有的则卖一些冷僻的小酒庄的产品，有的兼营酒吧，有的还出售葡萄种子和秧苗。

酒客到了这里，幸福指数立刻直线上升。你走进任何一家店铺都能获得热情接待，不仅可以免费品酒，还能了解关于葡萄酒的很多掌故。不过，千万记住，品酒的时候是不必咽下去的，否则，很可能就不醉不归了。

我在小镇的这段时间，几乎把每家店铺都喝了个遍。除了前文提及的三家极具代表性的店铺，还有不少有意思的小店。小镇上的人们每天都能看见我步履轻盈、面颊绯红地在各个店之间穿梭，估计直到现在小镇上还流传着“那个很能喝酒的中国女孩”的传说吧。

镇上最多的就是卖葡萄酒的店铺，为了吸引眼球，店家们各出奇招。瞧，这家店门口的葡萄酒瓶比人还高。

画廊

小镇不大，却有很多画廊和艺术家工作室，这一点也给我留下了极深的印象。虽然画廊的风格各有千秋，水准也参差不齐，但小镇居民对艺术的热爱由此可见一斑。可能也正因为如此，小镇居民普遍具有不俗的审美品位。

记得其中有一间“小画廊”（The Little Gallery），举办了一个与作家玛格丽特·杜拉斯有关的画展，在镇子里颇受欢迎。从参展的作品中，既能看到《情人》中那个戴男式礼帽的女孩，也能欣赏到越南湄公河两岸的景色。展览吸引了很多喜欢杜拉斯的读者，在镇子里一时盛况空前。

镇子上的很多艺术家就是小镇或附近村里的居民，这也许和小镇的富裕程度有关。作为“葡萄酒之王”的故乡，圣爱美浓的整体富裕程度相当高，因而人们有闲暇也有闲钱投身于艺术。

小镇内的画廊有十几家，精准的中产阶级定位为画廊主们带来了稳定的客源。

餐厅

镇子上餐馆林立，除了正宗的法式大餐，还有意大利菜、西班牙菜、德国菜……各种风味都有，几乎囊括了所有欧洲美食。

根据我在镇子上的就餐经验，除了主要景点旁边的餐馆味道差强人意，其他的都还不错，而且往往是越偏僻处的餐馆味道越好。

遗憾的是，有一家镇子上公认最好的餐馆——幕后餐厅（L’envers du Decor)，因为老板全家出去度假，让我吃了闭门羹。之后，我三天两头去店外张望，期待他们归来，可直到我离开小镇，他们也没有回来。

还有一件事，我觉得有些意外，那就是雄踞天下的中华美食在这里竟然一家店也没有。这直接导致我的中国胃比以往任何时候都更加思乡，有一天竟然来回骑了三小时自行车去邻近的镇子买泡面。在此之前，因为常年旅行，我自以为我的胃已经相当国际化，饮食习惯从来都不会成为我旅行的羁绊。但是这一次之后，我意识到我体内的中国胃是如此强大。所谓乡愁，大多数时候都是胃带来的吧。忽然就理解了梁实秋，明白了他为什么在去国之后，写下了无数关于美食的动人文字。

这个只有一张台的小酒吧兼餐厅，整个夏季都已经约满，我只好每人心有不甘地张望一下。

布艺店

小镇上有几家十分可爱的布艺店，我特别喜欢在里面闲逛，哪怕只是摩挲一下柔软的布料，也会觉得通体舒泰。

其中有一家叫“茶”（Thes）的布艺店，我每次经过都忍不住进去转一圈。这家店铺经营与家居生活相关的各种布艺制品，睡衣、浴袍、浴巾、拖鞋、桌布、枕头、棉被，应有尽有，都是纯棉或纯麻质地，手感极为舒适。而且所有布艺制品的图案都很漂亮，让我永远有购买的冲动，以至于每次都不得不提醒自己：别买了，你的行李已经超重了。

店主西尔维亚是一位和善精明的女士，她有着很好的审美品位，面对我这种经常贪婪地在她店里转来转去的顾客也表现出极大的理解和耐心。她说：“每个女孩都有布艺梦，不遥远，是那种触手可及的梦想。”她开这个布艺店就是源于她儿时的梦想。

有一次，我问她为什么店铺的颜色充满了桃红和柳绿，她说：“这是我心中最纯正的法兰西乡村的色彩。”的确如此，和巴黎这种大都市的高贵冷艳比起来，法国的乡村是温暖明媚的。

镇上有好几家这样漂亮的布艺店，出售各种家居布艺制品，如睡衣、浴袍、围裙等，用料和做工都很考究。

居民

淳朴善良的小镇居民很热爱生活，就连一堵石墙、一扇小木窗，他们也喜欢用鲜花装点得漂漂亮亮的。我发现他们中的大多数都颇富审美情趣，很多信手拈来的设计，都美得不可思议。这也是我决定在小镇上多住些时日的重要原因。

小镇居民大多热情好客，即使你在店里什么都不买，他们也会请你品一杯红酒，喝一杯咖啡。

不过，凡事总有例外。有一对老夫妇就脾气古怪，他们经营一家很小的葡萄种子店，店面极小，没有装修，甚至有些残破。我因为好奇去了两次，他们每次都没给我好脸色看，第二次几乎是被扫地出门。我自认还算知书达礼，行为有矩，不明白哪里得罪了这对老夫妇，于是，又不知死活地去了第三次，想问个究竟。不想，这次被种子店旁边的邻居——一对开杂货店的年轻夫妇拦下，说过意不去，请我去他们的店里喝杯红酒，替老夫妇向我道歉。

他们说："你别介意，他们不是本地人，脾气一直怪怪的，连我们也很少和他们往来。"

我说我完全不介意。这点小小的不愉快犹如调味品，只增添了我旅行中的乐趣，而我心中的圣爱美浓也因此变得更加生动可爱。

虽然我在小镇只住了几十天，但我和镇上的很多人都成了朋友。每天我在镇上走

专卖葡萄种子和秧苗的小店生意还算红火，不过，上了年纪的店主夫妇一直笑容欠奉。难道这是他们的营销策略？

着，总是不时地停下来和人们打招呼，偶尔还聊上几句，像小镇的居民一样。

离开小镇那天，我犹如离开故乡一般依依不舍。我早早地起来，把镇上每条熟悉的街道都走了一遍，心里充满了眷恋。

我不知道自己是否还会回到圣爱美浓小镇，但在小镇上度过的这个夏天是如此美好，以至于它在我的印象中一直散发着柔软的金色的光。每当想起它，我的脑海里总会浮现出波德莱尔的诗句——“你的记忆照耀我，像神座一样灿烂”。

倘如说人生是一场漫长的旅行，那么，我相信这个在圣爱美浓度过的金色夏天将会一直照亮我未来的旅程。

小镇居民过着平和安静的生活。尽管每年夏季游人如织，但这里的生活节奏丝毫没有改变。

23 不是尾声

离开圣爱美浓之后，我没有再回伦敦，而是到了巴黎。

我零星地给一些杂志写稿，也陆续记录下这段生活。

在这本书即将完成的时候，弗朗西斯出现了。

当他邀请我共饮一瓶圣爱美浓葡萄酒的那一瞬间，我不禁释然。

我知道，他将会成为我的爱人。

相信童话的人，就会遇见童话。

24 外一章：午夜巴黎

船缓缓地在塞纳河上行驶，巴黎圣母院、卢浮宫、埃菲尔铁塔……逐一在眼前掠过，一轮明月不知什么时候已经挂在了天空。我品着杯中的葡萄酒，看着眼前这个不期而遇的英俊男人，几乎无法相信这一切是真的。

又是一个晴朗的早晨，我推开窗，看着蓝色的天空和一朵朵在眼前飘过的白云，心情格外愉快。我最爱巴黎的天空，这里的蓝天白云与别处不同，总伴有一抹淡淡的蔷薇色，充满柔情蜜意。在这样的天空下，即便没有恋人，也感觉是被爱着的。

电话铃响了，是好友苏菲打来的，她约我去王宫花园的咖啡馆吃早午餐，我爽快地答应了。良晨若此，也只有坐在明媚的阳光下喝着咖啡，吃着巧克力可颂面包，才算是积极的人生吧。

我换了一袭长裙，套上牛仔夹克，系上一条蓝得像天空一样的丝巾就出门了。到咖啡馆坐定刚点完餐，苏菲的电话又来了，她因为前男友突然找她有急事过不来，我表示理解，说："好吧，重色轻友的家伙，下回罚你请我吃两顿早午餐。"

话音未落，点的两份早午餐端上来了，面包、火腿、煎蛋、果汁、酸奶……呼啦啦摆满了一桌子，我看了看，心想：这下连晚餐也省了，甩开腮帮子吃吧。我给自己换了一个舒适的露天座位，从包里掏出在地铁里看了一半的书，边吃边看。

正吃着，察觉邻桌有人在看我，我抬起头把目光迎了上去，是一位中年男子，他戴着墨镜，面庞瘦削，鼻梁高耸，略带卷曲的头发在太阳底下闪着银狐般的光泽，健康的小麦色皮肤，满是阳光的气息。他身着浅蓝色棉麻质地的衬衣，肩头随意地搭了件羊绒衫，一派刚从南部度假归来的样子。我们的目光相遇时，出于礼貌，我冲他微笑了一下。没想到，他站起身走了过来，端详着我问：

"你好，小姐！我们是不是在哪里见过？"

"呵呵，这一套太老土了，先生。"我歪着头笑着回答他。

巴黎的天空总有一抹淡淡的蔷薇色。

双叟咖啡馆在20世纪曾是众多艺术家和知识精英聚集的地方，王尔德、海明威等都是这里的常客。

“哦，我倒不这么认为，我管这一招叫做经典。你知道经典是历久弥新的。”他一边说一边兀自在我旁边的椅子上坐下，神情庄重得仿佛刚演奏完一曲巴赫。

他的机智让我有些刮目相看，便说：“你的回答还不错，勉强过关了。我允许你对我继续施展你的经典招数。”

“谢谢你的赏识，希望我接下来的表现不会让你失望。”他挥洒自如，显然对经典招数十分在行。他看了一眼我桌上丰盛的早午餐，接着说，“你的胃口很好呀，一个人吃这么多？”

“啊，我是经典的吃货，也是历久弥新的那种，随身携带流动的盛宴。”我看着杯盘狼藉的桌面，自嘲地说。

“呵呵，原来是《流动的盛宴》，你一定是海明威的拥趸。”他说。

“谈不上真正的拥趸，我倒觉得他这个人本身比他的作品更有意思。当然，他关于巴黎是‘流动的盛宴’这段话实在太脍炙人口，每一个巴黎人和来巴黎的游客应该都知道吧，我所能记得的也就是这个。对了，二战时他带着盟军打回巴黎后迫不及待地去解放丽兹酒店的酒吧这件事，我也印象深刻。”我扬了扬眉毛，若有所思地说。

“看来你对文学了解不少呀，那法国作家呢，有你喜欢的吗？”他问。

“哦，我喜欢的太多了。”我如数家珍般地开始和他聊起了法国作家，从雨果、大仲马、波德莱尔、兰波到加缪、杜拉斯、萨冈，我们聊得兴起，不知不觉太阳西下，已经到了傍晚时分。他提议我们去塞纳河边走走，因为“我们可以在那里看落日。”

我们起身向塞纳河走去。夕阳下的塞纳河非常美，一阵微风吹过，巴黎那独有的气息扑面而来，我深深地吸了一口气，说："你有这种感觉吗，每个城市都有自己特有的味道。比如巴黎，是玫瑰花和巧克力的甜香，再加上那一缕永远挥之不去的香奈儿香水味；伦敦，就是下午茶混合着海水的气息；北京的味道嘛，要凛冽一些，是白杨树和卤煮火烧的组合。"

"巴黎和伦敦还真有你说的那种味道，北京那个嘛，我没太明白，虽然我去过北京许多次，但完全不知道卤煮火烧，那是什么东西？"他好奇地问。

"呵呵，那是一种北京小吃，尽管你们法国人也是出名的敢吃，但我打赌这个小吃你绝对不敢碰。"我不无骄傲地向他描述"卤煮火烧"。

说着，我们来到了新桥。这座桥因著名的爱情电影《新桥恋人》而闻名天下，也成为巴黎一景，有不少游人在桥上拍照。我们慢慢地踱步上桥，倚着栏杆，欣赏塞纳河两岸的景致。这时，一艘游船经过，上面的游客兴奋地向我们挥手，我们也向他们挥手致意。我小有感触，说："我们中国有个诗人曾写道：你站在桥上看风景，看风景的人在楼上看你。明月装饰了你的窗子，你装饰了别人的梦。"

"很有意境的诗。"他说。

"是呀，很美，这个时间游览塞纳河真好，从黄昏到夜晚，都尽收眼底，还可以看到月亮。"我说着，抬头望了一眼天空。

"你没有坐船游览过塞纳河吗？"他问。

"坐过，很多年前第一次来巴黎的时候坐过，不过，是在早上，景色有点单

在塞纳河的游船上能饱览两岸的美景。

一。”我有些遗憾地说。

“哦，这样呀，我有一个主意，不知道你愿不愿意接受一个陌生人的邀请？”他又问。

“什么邀请？”我反问他。

“和我一起共进晚餐，塞纳河上的晚餐。”他说。

“这主意听起来不错，可是我知道这些船上的餐厅都只接受提前预订，现在是旅游旺季，恐怕我们订不到座位。”我说。

“我试试看，我有朋友是经营游船公司的，我打电话给他，也许他会有办法。”说完，他打了几个电话，然后对我说：“好了，没问题。今天晚上我们可以一起共进在塞纳河上的晚餐，我的朋友帮我们留好了桌子，你能在船上看到日落和明月升起了。”

“太棒啦！谢谢你！”我高兴地对他说。

我们边说边向游船码头走去。在路上，我了解到他的经历颇丰，曾留学英美，游历过九十多个国家，在非洲和中东都工作过，当过水手和飞行员，骑摩托车穿越过美国六十六号公路，驾帆船遨游过地中海……我听着，心中暗想：我已经够贪玩的，这个人比我还能玩。正想着，耳畔听他说道：“我尝试过很多东西，只有一样，我一直想试，但一直没有机会。”

“是什么？”我问。

“F1赛车。”他耸耸肩说。

塞纳河左岸有很多这样的旧书摊。

“真巧，我玩过。”我轻描淡写地回了一句，心想，总算让我扳回一局。

“是吗？”他吃惊地看着我，说，“你真行，这太让我意外了。”

“其实没什么大不了，我多年前采访F1赛事，正好有机会给记者体验，所以我就在法国和西班牙接受了培训，然后好好体验了一把。”我说着，为自己多少挽回些颜面松了一口气。

“你看起来很柔弱，没想到如此有胆量。”他一边上下打量我，一边带着些许赞赏地说。

“你过奖了。我只是喜欢冒险。”我反而有些不好意思了，垂下头，低声说。

我们聊着，不知不觉到了码头。游船已停泊在那儿，我一看，船不大，但非常精致，是塞纳河上的顶级游船。通常这种船上的晚餐都需要穿正装，我看了一眼自己的牛仔外套，说：“惨了，没穿正装。”

“没关系，你把牛仔外套脱掉，假装穿了正装的样子。记住，关键是要有正装的气势。”他冲我眨了眨眼说。

于是，我把外套脱下，露出里面的吊带长裙，他看了看我，说：“我打赌你比今晚任何一位穿了正式晚装的姑娘都美。”说着，他非常绅士地挽住我的胳膊，在早已恭候于甲板两侧的船长和船员的注视下，引导我上了船。

给我们预留的餐桌位置极佳，紧挨舷窗，能欣赏塞纳河的风景；又靠近舞台，能看见乐队的演出。

我们坐下，服务生随后给我们送来了餐前小吃和两杯百悦香槟，并附上了当晚的

蓬皮杜艺术中心广场上的这幅高达22米的涂鸦，名为“嘘！！！”。

菜单。他看了看菜单，问我："主菜有牛扒，前菜有三文鱼，你想配什么葡萄酒？"

"你决定吧，看你能不能给我一个惊喜。"我说。

于是，他附在服务生耳边，轻声地说了几句。

不一会儿，酒送过来了，当我看到酒瓶上"SAINT-EMILION"的字样时，吃惊地瞪大了眼睛，问他："天哪，难道是上帝派你来的吗？你怎么会给我点圣爱美浓的葡萄酒？"

"怎么？你不喜欢吗？"他一时不明就里。

"不，不是喜欢，是太喜欢了！"我激动得语无伦次。

接着，我把我在圣爱美浓小镇的故事告诉了他，他很意外，说："没想到你和圣爱美浓还有这样一段渊源。看来，我们不用为喝什么葡萄酒争得面红耳赤了。"他端起酒杯，老练地看了看酒的成色，又娴熟地轻晃酒杯，让酒香散发出来，然后嗅了一下，说："不错，我想你会喜欢这款酒。"

我也端起酒杯，轻嗅片刻，接着问他："你肯定我会喜欢？"

"不敢说十拿九稳，但也差不太远。我觉得我们俩的品位就算不是完全一致，也相差无几。"他十分有把握地说。

"你说对了，虽然还没喝，但刚才闻到的那种香味我就很喜欢，是一种果香，还有雨后松林的味道。通常这种香味的酒，酒体的平衡度都不差，口感应该错不了。"我一边说一边又闻了一下，那一刻忽然又一种感觉，仿佛那芳香是从自己心里散发出来的。

“你的鉴赏力不俗，不愧是在圣爱美浓呆过的人。”他显然同意我的说法，夸赞我说。

我听了，有点害羞，红着脸说：“哪里，只是皮毛罢了。在你们法国人面前谁能夸耀自己懂葡萄酒呢。”

“不，你已经比很多法国人都懂葡萄酒了，而且你还去过圣爱美浓。你知道有许多法国人，即便爱葡萄酒，这辈子也未见得会去一次圣爱美浓。比如我，尽管特别喜欢圣爱美浓出产的酒，也经常喝，我的酒窖里还贮存了不少。可是我就从来没有去过圣爱美浓。仅从这一点看，你就胜我一筹。”他说。

“你让我越发不好意思了。你没去过，是因为太忙，你不是成天世界各地飞来飞去吗？等哪一天不忙了，你就可以去圣爱美浓一醉方休。”我说。

“真有那一天，你愿不愿意当我的向导？”他认真地问我。

我看了他一眼，轻声地回答：“我愿意。”

船缓缓地在塞纳河上行驶，巴黎圣母院、卢浮宫、埃菲尔铁塔……一一在眼前掠过，一轮明月不知什么时候已经挂在了天空。我品着杯中的葡萄酒，看着眼前这个不期而遇的英俊男人，几乎无法相信这一切是真的。

这时，乐队开始演奏《玫瑰人生》，这首经典的法国香颂，在这月色撩人的夜晚格外柔情似水。我情不自禁地跟着唱起来：“他的轻吻仍留在我的眼梢，一抹笑意掠过他的嘴角。当他拥我入怀，我看见玫瑰般的人生……”正唱着，只见他站起身来，风度翩翩地伸出手，做了邀我共舞的姿势，我含笑起身，和他双双滑入舞池。

临近午夜，蒙马特高地，一个侍应生正在为一对情侣拍照。

一曲完毕，船已驶回码头。他问我："你既然来了巴黎很多次，又呆了这么久，对巴黎一定非常熟悉。还有什么地方是你一直想去而没有去的吗？"

"有呀，我一直想在午夜时分登上埃菲尔铁塔。"我不假思索地说。

"好主意，我也从来没有在午夜上过埃菲尔铁塔。我们今天晚上一起上去如何？"他问我。

我一看表，已是夜里十一点，就说："时间太晚，估计铁塔的通道已经关了，而且登顶要预约，我们也没预约，怎么可能上去？看来今晚我们只有放弃了。"

"你介意我打个电话找朋友问一下吗？如果我能约上今晚，你敢不敢和我在午夜登顶？"他问。

"为什么不敢？只要你能约上时间，我就敢和你在午夜登顶。"我那爱冒险的劲头登时上来了，毫不示弱地说。

果然，一通电话之后，他告诉我已经办妥，如果我们愿意，现在就可以过去。

我激动得摩拳擦掌，说："那还等什么？走吧。我已经等不及要登上塔顶了。"我做了一个起跑的姿势。

他笑了，说："小姐，你要这么跑过去，就没有气力登上塔顶了。"说着，他指了指不远处的一个停车场，说："我们开车过去，我的车就停在那儿。"

于是，我跟着他来到了停车场。到那儿一看，他开了一辆无比可爱的老爷车，我笑了起来，围着车转了两圈，说："太好玩了，你怎么会开这种迷你车？我以为你身材如此高大，一定会开一辆美式吉普什么的。"

“上车吧，尊贵的公主。你放心，即使过了午夜十二点这辆老爷车也不会变成南瓜的。”他一边说，一边极有教养地为我打开车门。

我坐进车里，忍不住东摸西看，说：“这车真可爱。”

“这是我妈妈的宝贝，她已经开了快四十年。这两天她病了，让我帮她开出来晒晒太阳。她说她的宝贝需要阳光。呵呵，人家是遛狗，我是遛车。”他说。

“看你酷酷的，像个浪子，没想到是个孝子。”我有些意外，和他打趣道。

“嘿嘿，我和我妈妈是好朋友，况且我还真挺喜欢这辆车的。我读大学那会儿也有一辆，我开着它去了摩洛哥，因为当时打算在那里生活一阵儿，而且又要在沙漠穿行，我不得不在车里堆了好多行李，甚至还有一个小冰箱，再加上当时的女友，她的个子几乎和我一样高，天哪，那辆可怜的小车都快被挤爆了。”他比划着，笑嘻嘻地和我述说前尘往事，顿了顿，看我听得饶有兴味，他接着说，“我就是从那时发现，腿太长，并不是什么好事。”

“哈哈哈，别人都是抱怨腿太短，我还是第一次听人说长腿的烦恼。”我被他的话逗得大笑。

“烦恼太多了，你这一生都得为长腿付出代价。买的裤子经常太短，老式戏院的位子总是太挤，就算是坐飞机，如果是经济舱的话，腿也别想伸开，所以，为了伸开腿，你得努力坐上公务舱。你看，如果不是我的长腿，我的生活会自由自在许多。因此，我的人生完全受困于我的长腿。”他一脸苦不堪言地说。

听了他这段煞有介事的长腿感言，我笑得更厉害了，稍微喘了口气，问：“有人

虽然去过卢浮宫很多次，但是我始终认为夕阳下的卢浮宫最诱人。

告诉过你你很可爱吗？”

他似乎有些惊谔，看着我，说：“你指今天吗？不，还没有，我从早上遇见你，直到现在，还没有机会见到别的姑娘。”他看了看表，接着说：“马上到十二点了，今天眼看着就要过去，如果你不对我说这句‘你很可爱’，我今天恐怕就一无所获了。”

“好吧，出于对长腿的同情，我想我应该告诉你‘你很可爱’。”我笑着对他说。

这时，车刚好经过亚历山大三世大桥，桥上的雕塑在夜里金光熠熠，午夜的天空有一种奇异的孔雀蓝，那轮橘黄色的月亮被衬得美丽不可方物，“真美呀，午夜的巴黎。”我不由得轻声赞叹。

“是的，午夜巴黎，午夜巴黎。”他听了，在一旁哼起了小调。

转眼到了埃菲尔铁塔，白天熙熙攘攘的铁塔在午夜格外清净。虽然是晚上十二点半关门，但铁塔从十点半开始就不再接待访客。好在他的朋友已经和铁塔的工作人员打过招呼，我们顺利地进入铁塔，坐上电梯直奔塔顶。

一出电梯门，我不由得惊呼：“简直太美啦！”我激动得左顾右盼，不知道从哪里看起，嘴里不停地唠叨着：“你看，那是圣心教堂，那是凯旋门，还有那里那里……哦，月亮离我们那么近，我好像伸手就能摘下它。这比我想象得要美一百倍！”

他看着我笑了，说：“你像一个得到了新玩具的小女孩。”

阴云密布的巴黎瞬间多了一种寂静之美。图为位于塞纳河沿岸的古老的杜乐丽花园。

我冲他吐了下舌头，扮了个鬼脸，说："真的很开心，这是我今年得到的最好的礼物。"

正说着，十二点到了，铁塔上的灯刹时全亮了，环绕塔身的彩灯不停地闪烁，整个铁塔犹如一个巨大的烟花瞬间绽放，我张大嘴，转着圈，难以置信地看着发生在周围的一切，说："我们这是住在烟花里吗？真是棒极啦！我希望在这里面住一辈子。"我兴奋地哼起了亨德尔的《皇家烟花进行曲》，拉着他的手，跳起了华尔兹。

突然，一阵大风吹来，我感觉铁塔在摇晃，脚下站立不稳，我有些惊慌地问他："好像铁塔正在晃动，你发现了吗？"

"别慌，铁塔很坚固，不会被风吹成比萨斜塔的。它有300多米高，在大风中摇晃是正常的。但是请相信我，哪怕风再大，铁塔晃动的幅度也不会超过7厘米，放心吧。"他很镇定地安慰我说。

我用手比划了一下7厘米的长度，狐疑地看着他说："不止7厘米吧，我刚才觉得起码有70厘米。"说着，一阵大风又吹了过来，我不觉打了一个寒战，两手环抱住自己的肩膀，他见了，急忙脱下肩头的羊绒衫给我披上，说："披上这个你会暖和一点。"

塔顶的风大得惊人，尽管披着他的羊绒衫，我还是觉得冷，我哆哆嗦嗦地对他说："我终于明白我们中国古诗里'高处不胜寒'的含义了。"又看了一眼只穿一件单薄衬衣的他，接着说，"再呆下去，我们俩恐怕都要患重感冒了，要不还是先下去吧。"

他看着冻得瑟瑟打抖的我，赶忙伸出胳膊把我拥住，同时还不忘调侃说："喂，苹德瑞拉，你是担心十二点过了，我们的车变成南瓜吧。"

他的话音未落，我忽然觉得呼吸有些困难，一阵头晕目眩，眼前的他变得模糊不清，我挣扎着地对他说："不是。我想我马上要晕倒了。"就失去了知觉……

我迷迷糊糊醒来时，发现自己正躺在救护车里。

我睁开眼睛，看见他无比焦急的目光，他一只手紧握着我的手，另一只手轻抚着我的额头，那一刻我心里有种说不出的温暖。我没有力气说话，只是充满感激地对他微笑了一下。

到了医院，他和护士一起把我送进了急救室，然后护士开始填写病历单。我躺在病床上，隐隐约约听见走廊里他和护士的对话：

"您太太叫什么名字？"

"哦，她不是我太太。"

"啊，对不起，您女朋友的名字？"

"哦，她也不是我女朋友。"

"啊，那您朋友的名字？"

"这个，这个，事实上，我们今天早上才认识，我还没有来得及问她的名字。对了，我记得她告诉我她来自中国。"

"这样啊，那等她好一点我自己问她吧。"……

过了一会儿，护士进来，她麻利地给我套上一个医院专用的手环，我看见病人姓名那一栏写着：CHINE（法语：中国）

护士推着我在急诊室里做了一堆检查，然后又把我带回病房休息，等待结果。

我躺在病床上浑身无力，似睡非睡，感觉有人推门进来，睁眼一看，原来是他。他手捧一杯温水，走到我床边，轻声说："你醒了，喝点水吧。"

我接过水，喝了一口，歉疚地看着他说："谢谢你！给你添麻烦了。"

"别客气，我应该做的。不过，我确实被你吓坏了，刚才在埃菲尔铁塔上你晕过去的时候，脸色惨白，两手冰凉，把我急得手忙脚乱，幸好那里的工作人员帮忙叫了救护车。"他惊魂未定地说，"还好，你的脸上现在有点血色，看来是缓过来一些了。"

"我好多了，你回去吧。"我越发觉得愧疚，只想敦促他尽快回家。

"不行，我现在不能走，我要和你一起等检查结果，然后再送你回家。"他说。

"我想我没什么问题，真的不用你陪我。我已经非常内疚，让你陪我在医院待了这么长时间。"我说。

"那这样好了，我陪你等结果，如果没问题，我俩就一起去解放丽兹酒店的酒吧，像海明威那样。你看好不好？"他很善解人意，找了一个我无法反对的理由。

看他一再坚持，我也只能同意。

检查结果出来了，各项指标都正常，什么问题也没有。大夫解释说这种莫名的晕眩症并不罕见，通常是眼性晕眩，比如在列车上长时间看窗外的景色，从高处俯视湍急的流水，都有可能导致眩晕，此类由视觉和视动刺激诱发的生理性眩晕，一旦脱离环境，症状就会缓解和消失，因此，我目前需要的就是好好休息。

听完大夫的话，我对他说："虽然我的身体没有大碍，但今天确实太累，没有体力和你去解放丽兹酒店的酒吧了。"

他笑着说："没事儿，丽兹酒店我们改天可以去解放。我现在送你回家。"

"不，你今天也很辛苦，就不用送我了，我自己可以回家。况且你的车还停在埃菲尔铁塔那里，你得过去把它开回去。"我说。

"不行，我必须送你到家，否则我不放心。我的老爷车你就不用操心了，让它今晚在埃菲尔铁塔下面好好享受月色吧。"他说。

我被他逗笑了，不再执拗，和他一起上了停在医院门口的出租车。当我把地址告诉出租车司机时，他在一旁笑出声来，我问："怎么啦？"

"我们住在同一个街区。要不明天一早我邀上你一起去附近的蒙索公园跑步吧？"

我听了，也笑了起来，说："对不起，先生，好像现在已经是明天早上了。"

他抬腕看了一下手表，说："可不嘛，都快凌晨五点了。"

我们不约而同地望向窗外，天色已渐亮。

这时，出租车的收音机里响起了一首爵士老歌《不同寻常的一天》，我最喜欢的爵士女歌手黛娜·华盛顿用她如丝绒般的嗓音唱道：

这一天是多么的不同，
在短短的二十四小时之后，
这曾经阴雨连绵的地方有了阳光和鲜花。
我的昨天是忧郁的，
今天我是你的一部分。
……

我们都不再说话，任黛娜·华盛顿的歌声流淌。

很快，出租车到了我公寓楼下，他赶忙写下他的电话号码递给我，说：“我在这里看着你上楼，你进了家门之后，给我发一个短信，让我知道你一切都好，好吗？”

“好的，谢谢你！”我再次感激地对他说。我下了车，转身朝车里的他挥了挥手，进了公寓大门。

回到家，透过窗户我看见他仍然在出租车里等候，便连忙给他发短信：已到家，勿念。未几，他的短信回了过来：好好休息，晚安！随后，出租车载着他驶入黎明的雾霭中。

我褪下写着“CHINE”字样的手环，看了看，把它放在了床头柜上，心想：这是怎样不同寻常的一天啊。接着，就沉沉睡去……

我再次醒来时，已经是傍晚时分。我起床，伸了个懒腰，给自己倒了一杯果汁，

这家建于一百多年前的“蓝色列车餐厅”（Le Train Bleu)因其41幅美妙绝伦的壁画而闻名，是巴黎“美好时代”的社交圣地。

一边慢吞吞地喝着，一边打开了手机。

甫一开机，一个短信就跳了出来：早上好，我的中国女孩！起床后请打我电话，告诉我你安好。看来这短信是他一大早给我发的，我微笑着拨通了他的电话：

“下午好！”

“下午好！谢天谢地，你总算给我打电话了，我以为你又晕过去了，你再不来电话，我就打算叫救护车去你家了。”

“呵呵，放心吧，我只是好好地睡了一觉。我现在强壮得很，完全可以吞下一头牛。”我说。

他笑了起来，说：“看来你果然好多了。如果你愿意，请让我带你去吞下那头牛吧。”我们随即约好他来接我一起去吃晚餐。

我迅速冲了个澡，换上一件黑色的小礼服，把长发挽了个髻，戴上流苏般的耳环，披上一条桃红色丝绸披肩就下了楼。

出大门一看，他已经在那里等我。他也换了一身正装，白色衬衣，剪裁得体的灰色西服。一见我，他便故作惊艳地吹了一下口哨，然后极有风度地轻轻捧起我的右手，行了一个非常标准的吻手礼。我被这个突如其来的尊贵礼仪搞得有些不知所措，因为这种传统的宫廷礼仪如今在欧洲也只有某些老派的社交圈仍然沿用，我看了他一眼，说：“喔，你优雅得像一位真正的绅士。”

“是的，在真正优雅的女士面前，我必须是一位绅士。”他笑了笑，接着说：“何况，我从8岁起就被训练如何优雅地向高贵的女士行吻手礼。我不得不说这或许是我最擅长的项目，因此我当然不能放过在你面前展示这项才艺的机会。”

“好吧，我的绅士，请问我们今晚去哪里用餐？”我问。

“鉴于昨天你在漂浮的游船晚餐和埃菲尔铁塔夜游之后的惊人表现，我建议我们今晚还是去一个平稳的地方吧。你看和平餐厅怎么样？”他问我。

他提到的和平餐厅正好我以前采访过，非常喜欢，便马上点头称是：“嗯，不错，和平餐厅是一个很棒的选择，至少，它很平稳。”我不由得自嘲了一下，接着说，“我记得它是巴黎歌剧院的设计师加尼叶的另一项杰作，典型的法兰西第二帝国的建筑风格，巴尔扎克和莫奈都曾是那里的常客。里面的壁画美丽绝伦，壁画里的天使在天堂享用着香槟和雪茄，我对那个记得最清楚。”说着，我摆了一个抽雪茄的姿势。

“你真行，简直比我这个巴黎人还了解巴黎。看起来我选对了餐馆，我现在唯一希望的就是那里精美的壁画不会让你今晚再次产生眼性眩晕。”他说完，做了一个擦冷汗的动作，我俩都情不自禁地大笑起来。

到了和平餐厅，服务生把我们引向他早已订好的桌子，两杯粉红香槟随即端了上来。他温柔地看着我，举起酒杯，说：

“亲爱的中国女孩，让我们正式认识一下吧，我的名字叫弗朗西斯。”

后记

正如你们看到的，本书记述的是一次我不曾计划的旅行和一段并不曲折的情感历程。当初应杂志的邀约，我陆续写下了这一段西行漫记。一开始与私生活无涉，只是简单的旅游稿件。可是在后来的写作中，我的私人生活成了难以回避的环节，因为连我的编辑也好奇我为何对圣爱美浓小镇如此情有独钟。于是，我不得不把我那一时期的感情经历交代一二。因此，书中所述人物，凡小镇中人皆保留真实姓名，且所有采访和照片都经过被采访者同意；而与个人生活相关的人物，在与他们协商后，均隐去其真实姓名。感谢他们！

同时，我也想向以下这些人士表达我深深的谢意。

我的好友吴洪胜先生，正是因为他创办的《逍遥》杂志的约稿，才让我有机会写下了这段小镇生活，因而有了本书的雏形。《中国国家旅游》杂志的执行主编王海波女士，她的鞭策和激励，使我不敢放弃笔耕，耽于逸乐。我很庆幸得诤友若此。

新星出版社的副总编辑刘丽华女士，她的博学和优雅品位，使我获益良多。在写作过程中能得到这样一位良师益友的指点，实在是我的幸运。我的编辑陈卓先生，他卓越的专业态度和敬业精神弥补了本书的很多不足，使得这本书以更好的形态呈现。如果说本书尚有一些可读之处的话，那都有赖于刘丽华女士和陈卓先生为本书的付出。

法国驻华大使馆的文化官员Nicolas Idier先生（已卸任）、Delphine Halgand女士和张艳女士，他们对于拙作的赏识和帮助弥足珍贵。我心怀感激的同时，也对我的第二故乡——法国及其灿烂的文化有了更为真切而美好的认识。

还有杨葵、赵赵、张弛、狗子和黄燎原等一众好友，他们个个才华横溢，卓然不群，我很骄傲在追寻爱与美酒的途中曾与他们相伴。他们为拙作写下的溢美之辞，让我无任感念，惭愧不已，自当加倍勉力。

我的家人也自始至终给予了我最有力的支持和鼓励。正是他们，才使得我有勇气和信心最终完成这本粗陋之作。

最后，要感谢我所有的朋友，以及本书的读者。

愿美酒常有，爱常在。

附录1：关于法国葡萄酒的一些常识

八大名庄概览

1855年，法国国王拿破仑三世想借当年的巴黎世界博览会向全世界推广波尔多地区的葡萄酒，他请波尔多葡萄酒商会对波尔多的酒庄进行分级。该组织于1885年将58个酒庄分为五级，以标定葡萄酒的质量和价格，其中最好的一级酒庄有四个，分别为：拉菲酒庄（Chateau Lafite-Rothschild）、拉图酒庄（Chateau Latour）、玛歌酒庄（Chateau Margaux）和奥比昂酒庄（Chateau Haut-Brion）。1973年，木桐酒庄（Chateau Mouton Rothschild）由二级升为一级，至此形成了著名的五大名庄。再加上圣爱美浓的两个A级酒庄白马酒庄（Chateau Cheval Blanc）、奥松酒庄（Chateau Ausone）以及无冕之王柏翠酒庄（Petrus），这些统称为波尔多八大名庄。

拉菲酒庄

拉菲酒庄位于波尔多著名的葡萄酒产区梅多克地区，1234年由拉菲家族（Gombaud

de Lafite）所有，至14世纪已相当有名。1675年，当时世界酒业一号人物希刚公爵（J. D.Segur）将拉菲庄园收入囊中。希刚彼时在酒界叱咤风云，同时拥有顶级的历史名庄拉图酒庄、木桐酒庄和凯龙世家（Chateau Calon-Segur）。法国国王路易十四说希刚家族可能是法国最富有的家族。17世纪，法国基本上是勃艮第（Burgundy）酒的天下，但是上流社会的著名“交际花”、法王路易十五的情妇庞巴迪却对拉菲情有独钟，令凡尔赛宫的贵族们也对拉菲大为追捧。对法国葡萄酒痴迷有加的美国前总统托马斯·杰弗逊也对拉菲评价甚高。

1755年希刚家族的第三代掌门人去世后，拉菲的产权进入了一段较为混乱的历史时期。经过战乱和数易其主后，1868年，银行家罗特施德男爵（ Baron de Rothschild ）以8倍的市盈率买入酒庄，成为拉菲酒庄的新主人，其家族一直经营至今。现任庄主埃里克·罗特施德男爵（ Eric de Rothchild）上任于1974年，其锐意革新和苦心经营使得拉菲摆脱了18世纪60年代以来的平凡而重新达到巅峰。

成熟的拉菲红酒平衡、柔顺，入口有浓烈的橡木味道。除了招牌红酒Lafite，酒庄还在智利创立了Los Vasco的副牌，大量生产价格低廉的红白酒，积极拓展大众市场。拉菲酒庄每年的产酒量大约3万箱。最佳年份为1953、1959、1982、1986、1996、2000、2003和2005。

拉图酒庄

拉图酒庄大约建成于16世纪。1670年，法国国王路易十四的私人秘书夏万尼

（Chavannes）买下了这片葡萄园。在此之后，由于婚姻关系，酒庄辗转成为希刚家族（Segur）的亚历山大侯爵（Alexandre de Segur）的财产，从此，拉图庄园便在希刚家族手中将近三百年。拉图酒庄在18世纪已经非常有名望，当时的很多贵族和富贾大户都热衷于波尔多几个著名酒庄的名酒，拉图酒庄就是其中之一。

1963年，希刚家族出售了拉图酒庄75%的股份，将股权卖给两家英国公司——哈维（Harveys of Bristol）和皮尔森（Pearson Group）。消息传来，举国哗然，认为这是卖国行径。后来哈维公司被联合利昂集团（Allied Lyons）收购，联合利昂集团于1989年斥资近2亿美元将皮尔森集团手中的拉图酒庄股份买下。1993年，联合利昂将拉图酒庄全部股份卖给法国零售业巨头巴黎春天百货（Printemps）的老板弗朗索瓦·皮诺（Francois Pinault）。在英国人手里飘零了30年后，拉图酒庄终于回到法国人手中。

拉图红酒的特点是酒体强劲、厚实，并有丰满的黑加仑香味和细腻的黑樱桃香味。一些原本喜爱烈酒的酒客因为健康原因而改喝红酒，拉图便成了他们的首选。英国的著名品酒家休·约翰逊（Hugh Johnson）比较拉菲酒庄和拉图酒庄时说：如果说拉菲是男高音，拉图就是男低音；如果说拉菲是一首抒情诗，拉图就是一部史诗巨著。拉图红酒的最佳年份为1945、1949、1961、1970、1982、2000和2003。

木桐酒庄

木桐酒庄的历史要追溯到波旁王朝时期。当时，整个波尔多地区因沼泽地况而无法种植葡萄。木桐·罗斯乔德家族深知路易十四喜好葡萄酒，便在南方朗格多克省购置了葡萄园开始酿酒并进贡皇室。品质优良的木桐酒立刻被皇室认可，以至于相当一段时期，太阳王只喝木桐·罗斯乔德家族酿制的酒。为了表彰木桐·罗斯乔德家族对皇室的忠诚，酷爱艺术的路易十四将普桑的名画《酒神节》赐给了此家族。

木桐酒庄的庄主非常有商业头脑，他们每年会邀请一位世界知名的艺术家设计当年的标签。因为酒的标签本身就颇有艺术价值，所以就算那年的酒不好喝，单是瓶子已是珍贵的藏品。据悉，现在要集齐1945年至今全套的木桐红酒，需人民币50万元以上。最著名的酒标是1973年毕加索的酒神狂欢图。木桐红酒具有成熟的黑醋栗香、咖啡味与烤木香气。口感浓厚，层次复杂，单宁劲道。新酒熟美，陈年后依然醇厚。最佳年份为1945、1982和1986。

玛歌酒庄

玛歌酒庄历史悠久，13世纪开始逐渐建成葡萄园。15世纪，玛歌庄园的产权在当地贵族间转来转去。到了1755年，园主成为玛歌男爵，并且拥有一个侯爵封号。此后，玛歌酒庄又在贵族复杂的婚姻关系中几易其手，直到法国大革命前夕，酒庄一直都在贵族手中。

1973年至1974年间，当时的酒庄拥有者杰斯德家族不堪负荷，想将玛歌庄园售与美国国家酿酒公司（国家蒸馏酒），法国政府以“维护重要文化遗产”为由阻止了这宗买卖。但玛歌酒庄终在1977年卖给希腊裔的安帝万斯洛普路（Andre

Mentzelopoulous），他是法国最大葡萄酒连锁店尼古拉的最大股东，已入籍法国。因此，玛歌酒庄总算落入法国人手中。

成熟的玛歌口感比较柔顺，香气芬芳复杂，如果碰到上佳年份，会有紫罗兰的花香，是一款将优雅迷人与浓郁醇厚完美结合的酒。最佳年份为1900、1928、1982、1983、1990、1996和2000。

奥比昂酒庄

奥比昂酒庄从14世纪开始种植葡萄，1520年，该酒庄属波尔多市附近里本市(Libourne)市长。1525年，市长女儿詹妮（Jeanne）嫁给富有的彭塔克（Pontac）家族，奥比昂酒庄作为嫁妆带入彭塔克家族。1533年让・彭塔克（Jean de Pontac）为詹妮买下庄园旁豪宅奥比女庄园（Maison Noble de Haut-Brion），连属地一起纳入酒园。不久，他在豪宅旁为妻子建立起奥比昂城堡。奥比昂城堡可称波尔多酒庄城堡中最优美典雅的建筑，所以酒标一直用此作商标图案。17世纪末，彭塔克家族的后人弗朗西斯（Francois）由于没有儿女，去世后奥比昂酒庄落入其妹夫福梅勒（Fumel）家族手中。随后，酒庄又多次易手，直到1935年由银行家克兰昂斯・狄龙（Clarence Dillon）购得才算稳定下来，其后人拥有奥比昂酒庄至今。

奥比昂酒庄是1855年被列为一级的酒庄中，葡萄园占地最小、历史最悠久的酒庄，面积仅109英亩，每年的产量为1.2万-1.5万箱。这也是五大名庄中唯一一家不在梅多克产区的酒庄。庄园出产的红酒有属于砂砾地区的特殊泥土及矿石香气，口感浓烈而回味无穷。奥比昂庄除了红酒知名，出产的奥比昂酒庄白酒（Haut-BrionBlanc）也是公认的顶级白酒之一。最佳年份为1993、2002、2001。

白马酒庄

据说白马酒庄原先并不叫这个名字，皆因葡萄园中曾有一间别致的客栈，国王亨利常骑白色的爱驹路过此地休息，因此，后来酒庄便改称白马酒庄。

白马酒庄是圣爱美浓地区由同一家族拥有时间最长的酒庄。1852年，让·卢萨克·佛卡德（Jean Laussac Fourcard）与葡萄庄园大地主杜卡瑟（Ducasse）家族的女儿蜜蕾·昂哈特（Mlle Henriette）结婚，白马酒庄就是她的嫁妆。从此，白马酒庄在佛卡德家族中世代相传直至今天。白马酒庄是在1853年正式命名为白马酒庄的。当时的白马酒庄并不很出名，让·卢萨克接管后的确花了不少心血，终于在1862年的伦敦葡萄酒大赛和1878年的巴黎葡萄酒大赛中斩获金奖。随后，白马酒庄在1893、1899和1900几个经典年份越发引人注目。1970年至1989年期间，酒庄的董事长是家族的女婿雅克·埃博德（Jacques Hebraud）。雅克的祖父曾是波尔多的大酒商，父亲曾是海军上将，他本人是农科教授和波尔多大学校长。他的家庭背景和崇高的学术及社会地位将白马酒庄的声势再度推向高潮。

1947年出产的白马酒庄（Cheval Blanc），在不少专业品酒家的心目中，是近一百年来波尔多最好的酒。在1996年圣爱美浓地区的等级排名表中，Cheval Blanc位列“超特级一级酒”。Cheval Blanc的标签是白底金，十分优雅，与酒的品质非常相符。幼年的Cheval Blanc，会带点青草的味道，成熟以后，便会散发独特的花香，酒质平衡而优雅。

奥松酒庄

奥松酒庄坐落在圣爱美浓产区南部的小山上，它的历史可以追溯到1781年。酒庄的名字是为了纪念罗马诗人奥松（Ausonius）。这位诗人据说以前是教书先生，在大学任教。这位罗马诗人喜欢在诗歌中赞颂美酒以及葡萄园的美景。他以爱酒出名，曾经在波尔多及德国拥有酒庄。当然，现在无法证明奥松老先生就是在奥松庄园的现址上种植葡萄并喝酒吟诗的，但想必诗人所描述的景色就在今天的圣爱美浓，也有可能就是奥松庄园之景。因此，奥松酒庄的葡萄酒也被称为“诗人之酒”。

奥松酒庄历史显赫，但在较近阶段的历史，如20世纪50年代至70年代一度表现平平，在此期间所出产的葡萄酒被普遍认为质量有所下滑。20世纪70年代，聘请帕斯卡·德贝克（Pascal Delbeck）后，奥松酒庄又重新回到了历史的显耀地位。德贝克从1976年开始负责酒庄，一直到1995年，虽然他不亲自酿酒，但仍然掌管着葡萄园。

在1996年的圣爱美浓酒庄排名之中，与白马酒庄同级的只有奥松酒庄一个。而奥松酒庄也是八大酒庄里最少人认识的酒庄。

20世纪90年代中后期，新任酒庄主人对酒庄进行大幅革新，从严要求酒的品质。凡是不符合规格的葡萄都用来酿造副牌酒夏贝尔奥松（Chapelle d'Ausone），或卖给其他酿造商酿造低级餐酒。因此，近年招牌酒Ausone的年产量都在两千箱以下，变得异常珍贵。Ausone的特性就是耐藏，要陈放很长一段时间才能饮用，酒质浑厚，带有咖啡与木桶香味，非常大气。

柏翠酒庄

法国酒庄名字之前通常会冠上Chateau一词，意为“古堡”，因为法国酒庄大多有一座美丽的古堡。在波尔多八大酒庄之中，只有柏翠酒庄没有冠以Chateau，而酒庄也没有漂亮的古堡，只有一座普通的村屋。柏翠红酒的产量少得可怜，因此其售价也是八大酒庄中最贵的。

柏翠酒庄首次出现是在1837年，当时只跻身于二等酒的行列。1925年，鲁芭夫人从原庄主阿诺德家族手中购得酒庄后，彻底改变了酒庄的命运。鲁芭夫人家族是波尔多地区的望族，她利用自己的社交能力使柏翠红酒在法国的高级社交圈内迅速流行起来，而不再是“乡下绅士”的专利品。随后，鲁芭夫人又使出高超的公关手段使柏翠红酒打进英国皇室。伊丽莎白二世订婚的时候，鲁芭夫人进献的红酒成了皇室贵族们的杯中物。至此，柏翠庄园跃居为顶级酒庄。1961年，鲁芭夫人去世，酒庄的继任者木艾家族重施故伎，使柏翠酒庄进入白宫，受到肯尼迪家族的赞赏。柏翠酒庄的发展渐渐如日中天。

尽管柏翠酒庄的成功看似得益于经营者的高超手腕，但不可否认的是，柏翠酒庄也是以绝对的“理想主义”精神来酿造的，他们对品质的极至追求奠定了他们的口碑。柏翠酒庄平均年产量为4.25瓶，最多不超过5万瓶，只相当于美国最大葡萄酒厂加洛6分钟的生产量，所以价格的高昂是可想而知的。为确保柏翠酒庄的金字招牌，某些不佳的年份甚至停产，例如1991年他们就没有出产一瓶红酒。因此，柏翠目前无论从品质还是价格方面都凌驾于其他波尔多酒王，而成为名副其实的酒王之王。遗憾的是，波尔多地区在1855年对红酒进行的甄选评级，只针对梅多克区，而不包括庞梅洛区，所以柏翠酒庄迟迟未能得到真正的肯定。但是在酒客心目中，柏翠酒庄始终是红酒的王中王。

柏翠的特点是酒色深浓，气味芳香充实，酒体平衡，细致又丰厚，有成熟黑加仑、洋梨、巧克力、牛奶、松露、多种橡木等香味。其味觉十分宽广，尽显王者风范。柏翠红酒要陈上一二十年才完全成熟。

20世纪柏翠红酒的上佳年份是 1945、1947、1949、1950、1953、1961、1967、整个70年代、1982、1985、1989、1994。

法国葡萄酒产区

产区（Terroir）原是法语中有关葡萄酒和咖啡鉴赏的术语，用来表示不同的地域赋予物产的独特性。它也可以理解为“某地的感觉”，这种感觉体现了一定的品质。一般来说，产区是同一地域葡萄园的统称，它们具有相同类型的土壤、气候条件和酿酒工艺。有些还涉及历史、传统、葡萄园所有人等。

法国葡萄酒的大产区有：阿尔萨斯产区（Alsace）、博若莱产区（Beaujolais）、波尔多产区（Bordeaux）、勃艮第产区（Bourgogne）、香槟产区（Champagne）、朗格多克产区（Languedoc）、普罗旺斯产区（Provence）、鲁西雍产区（Roussillon）、萨瓦产区（Savoie）、西南产区（Sud-Ouest）、卢瓦尔河谷产区（Vallée de la Loire）、隆河谷地（Valée du Rhône）。

其中最知名的法国葡萄酒产区主要有波尔多、勃艮第和香槟区。波尔多以产浓郁型的红酒著称，勃艮第则以产清淡型红酒和清爽典雅型白酒著称，香槟区酿制世界闻名、优雅浪漫的汽酒。

法国葡萄酒等级

1935年，法国通过了大量关于葡萄酒质量控制的法律。这些法律建立了一个原产地控制命名系统，并由专门的监督委员会（原产地命名国家学会）来管理。此后，法国便拥有了世界上最早的葡萄酒命名系统，以及最严格的关于葡萄酒制作和生产的法律。法国法律将葡萄酒分成四个级别，其中包括：

日常餐酒（Vin de Table），英文为Wine of the table，是最低档的葡萄酒，作日常饮用。可以由不同地区的葡萄汁勾兑而成，如果葡萄汁限于法国各产区，可称法国日常餐酒。不得用欧盟以外国家的葡萄汁，产量约占法国葡萄酒总产量的38%。酒瓶标签标示为 Vin de Table，例如Vin de Table Français。

地区餐酒（Vin de Pays），英文意思为Wine of Country，日常餐酒中最好的酒被升级为地区餐酒。地区餐酒的标签上可以标明产区。可以用所标明的产区内的葡萄汁勾兑，但仅限于使用该产区内的葡萄。产量约占法国葡萄酒总产量的15%。酒瓶标签标示为 Vin de Pays + 产区名，例如Vin de Pays d'Oc。法国绝大部分的地区餐酒产自南部地中海沿岸。

优良地区餐酒（Vin Délimité de Qualité Superieure），级别简称VDQS，是普通地区餐酒向AOC级别过渡所必须经历的级别。如果在VDQS时期酒质表现良好，则会升级为AOC。产量只占法国葡萄酒总产量的2%。酒瓶标签标示为 Appellation+产区名+Vin Délimité de Qualité Superieure。

法定产区葡萄酒（Appellation d'Origine Contrôlée），级别简称AOC（意为“原产地控制命名”），是法国葡萄酒的最高级别。葡萄品种、种植数量、酿造过程、酒精含量等都要得到专家认证，只能用原产地种植的葡萄酿制，绝对不可和别地葡萄汁勾兑。AOC产量大约占法国葡萄酒总产量的35%。酒瓶标签标示为 Appellation+产区名+Contrôlée，例如Appellation Bordeaux Contrôlée。

AOC按产区级别可以细分为大产区名AOC、次产区名AOC、村庄名AOC、酒庄名AOC。

附录2：圣爱美浓（SAINT-EMILION）介绍

地理位置

圣爱美浓坐落于法国西南部的波尔多地区（Bordeaux），距离波尔多市约35公里，位于多尔多涅河右岸。这里有波尔多最古老的葡萄园，同时也是法国最大的村庄级葡萄酒法定产区。酒区坐落于同名村庄周围，有数个村庄共用圣爱美浓的称号。区内酒田达5000多公顷，拥有酒庄近1200个。此地出产的葡萄酒被称为“葡萄酒之王”。

历史文化

大约公元2世纪，罗马人开始在这里种植葡萄。4世纪时，著名的拉丁诗人Ausonius对该产区的葡萄酒赞誉有加。8世纪，一个名叫Emilion的修道士来到这里隐修，他和他的追随者们建起了修道院，并开始生产葡萄酒。此后声名渐隆，这一地区越来越广为人知，而小镇也以修道士Emilion的名字而命名。古老的中世纪教堂，绵延的葡萄园，构成了这一区域独有的人文风景。1999年，联合国教科文组织把圣爱美浓产区的葡萄园列为世界文化遗产。它是世界上唯一一个以葡萄种植园为文化特色的历史景观和自然遗址，被称为“法国中世纪文化的露天博物馆”。

土质特点

这里的葡萄园土壤多变，葡萄园区中间是3世纪形成的石灰质高地，周围是石灰质土壤混合沙砾黏土， 西北部是一层沙覆盖在黏土上，南面是由沙子和沙砾冲积层构成的疏松土壤。因此，这里有高厚钙土、山坡钙土和沙质间杂黏土，腐层的沙黏土，以种植梅乐（Merlot）葡萄为主。

气候特点

温和的海洋性气候，夏天凉爽，秋末阳光充足。由于气候潮湿，这里的酒需要更多的时间来熟成，但是与其他波尔多葡萄酒相比，熟成时间依然较短。在一些较好的年份中，该产区的葡萄酒具有较好的贮藏能力。

葡萄酒特点

圣爱美浓不生产单一葡萄品种酒，此地出产的葡萄酒是用几种不同的葡萄品种调和而成。丰富的果香，有野草莓和醋栗的香气，随着陈酿的时间会发展出柔和的香料香、香草香以及皮革和烟熏制品味，单宁强劲又有丝绒般的顺滑。当地三种主要的葡萄品种是：梅乐（Merlot）、品丽珠（Cabernet Franc）和赤霞珠（Cabernet Sauvignon）。

葡萄酒分级制度

圣爱美浓的葡萄酒不同于梅多克（Medoc）区的分级，它有自己的分级制度。1958年，圣爱美浓正式建立了自己的列级酒庄,分为“一等列级酒庄”（Premier Grand Cru Classe）和“列级酒庄”（Grand Cru Classe）两种，等级最高的一等列级酒庄中又细分为AB两组，A组的等级最高。圣爱美浓区的酒庄分级不像波尔多其他的列级酒庄那样永久不动，其列级酒庄制度规定，每十年由一个专业委员会依照葡萄酒的品质、价格、葡萄园等条件，重新评估一次列级酒庄，再作排名的修订，这样就迫使广大列级酒庄不断地相互竞争。也就是说，得到最高等级的酒庄如果在十年内酿的酒质量不稳定，经过重新考量后会给酒庄降级。

代表酒庄

白马酒庄（Chateau Cheval Blanc）、奥松酒庄（Chateau Ausone）

最佳游览时间

每年7－9月是圣爱美浓最美的时光，小镇上的主要景点都在这一时期开放。

到达方式

自驾车从波尔多出发，约1小时到达圣爱美浓；也可以从波尔多火车站乘坐火车到达，一天大约有5趟车，车程约30分钟。

住宿

如果不想当天来回，而是希望在圣爱美浓多待几天，则完全可以选择在小镇上住宿。从舒适的B&B家庭旅馆，到奢华的五星级酒店，小镇一应俱全。其中号称房价贵过巴黎酒店的Hostellerie du Plaisance更因为只有18间房间，导致长期人满为患。因此，倘若对住宿要求较高的话，最好事先预订。